講談社文庫

1973年のピンボール

村上春樹

講談社

1973年のピンボール

1969―1973

見知らぬ土地の話を聞くのが病的に好きだった。

一時期、十年も昔のことだが、手あたり次第にまわりの人間をつかまえては生まれ故郷や育った土地の話を聞いてまわったことがある。他人の話を進んで聞くというタイプの人間が極端に不足していた時代であったらしく、誰も彼もが親切にそして熱心に語ってくれた。見ず知らずの人間が何処かで僕の噂を聞きつけ、わざわざ話しにやって来たりもした。

彼らはまるで涸れた井戸に石でも放り込むように僕に向って実に様々な話を語り、そして語り終えると一様に満足して帰っていった。あるものは気持良さそうにしゃべり、あるものは腹を立てながらしゃべった。実に要領良くしゃべってくれるものもいれば、始めから終りまでさっぱりわけのわからぬといった話もあった。退屈な話があり、涙を誘うもの哀しい話があり、冗談半分の出鱈目があった。それでも僕は能力の許す限り真剣に、彼らの話に耳を傾けた。

理由こそわからなかったけれど、誰もが誰かに対して、あるいはまた世界に対して何かを懸命に伝えたがっていた。それは僕に、段ボール箱にぎっしりと詰め込まれた猿の群れを思わせた。僕はそういった猿たちを一匹ずつ箱から取り出しては丁寧に埃を払い、尻をパンと叩いて草原に放してやった。彼らのその後の行方はわからない。きっと何処かでどんぐりでも齧りながら死滅してしまったのだろう。結局はそういう運命であったのだ。

それはまったくのところ、労多くして得るところの少ない作業であった。今にして思うに、もしその年に「他人の話を熱心に聞く世界コンクール」が開かれていたら、僕は文句なしにチャンピオンに選ばれていたことだろう。そして賞品に台所マッチくらいはもらえたかもしれない。

僕が話した相手の中には土星生まれと金星生まれが一人ずついた。彼らの話はとても印象的だった。まずは土星の話。

「あそこは、……ひどく寒い」と彼は呻くように言った。「考えるだけで、き、気がおかしくなる」

彼はある政治的なグループに所属し、そのグループは大学の九号館を占拠していた。「行動が思想を決定する。逆は不可」というのが彼らのモットーだった。何が行動を決定するのかについては誰も教えてはくれなかった。ところで九号館にはウォーター・クーラーと電話と給湯設備があり、二階には二千枚のレコード・コレクションとアルテックA5を備えた小綺麗な音楽室まであった。それは（例えば競輪場の便所のような匂いのする八号館に比べれば）天国だった。彼らは毎朝熱い湯できちんと髭を剃り、午後は気の趣くままに片端から長距離電話をかけ、日が暮れるとみんなで集ってレコードを聴いた。おかげで秋の終りまでには、彼らの全員がクラシック・マニアになっていたほどだった。

気持良く晴れわたった十一月の午後、第三機動隊が九号館に突入した時にはヴィヴァルディの「調和の幻想」がフル・ボリュームで流れていたということだが、真偽のほどはわからない。六九年をめぐる心暖まる伝説のひとつだ。

僕があぶなっかしく積み上げられたバリケードがわりの長椅子をくぐった時には、ハイドンのト短調のピアノ・ソナタがかすかに聞こえていた。山茶花の咲いた山の手の坂道を上り、ガール・フレンドの家を訪ねる時のあの懐しい雰囲気そのままだった。彼は僕に一番立派な椅子を勧め、理学部の校舎からくすねてきたビーカーに生温いビールを注いでくれた。

「それに引力がとても強いんだ」と彼は土星の話を続けた。「口から吐き出したチューインガムのかすをぶっつけて足の甲を砕いた奴までいる。じ、地獄さ」

「なるほど」二秒ほど置いてから僕は相槌を打った。そのころまでに僕は三百種類ばかりの実に様々な相槌の打ち方を体得していた。

「た、太陽だってとても小さいんだ。ホーム・ベースの上に置いた夏みかんを外野から見るくらいに小さい。だからいつも暗いんだ」彼はため息をついた。

「何故みんな出ていかない？」僕はそう訊ねてみた。「もっと暮しやすい星だって他にあるだろうに」

「わからないね。多分生まれた星だからだろう。そ、そういうもんさ。俺だって大学を出たら土星に帰る。そして、り、立派な国を作る。か、か、革命だ」


とにかく遠く離れた街の話を聞くのが好きだ。そういった街を、僕は冬眠前の熊のように幾つも貯めこんでいる。目を閉じると通りが浮かび、家並みが出来上がり、人々の声が聞こえる。遠くの、そして永遠に交わることもないであろう人々の生のゆるやかな、そして確かなうねりを感じることもできる。

直子も何度かそういった話をしてくれた。彼女の言葉を一言残らず覚えている。

「なんて呼べばいいのかわかんないわ」

直子は日当りの良い大学のラウンジに座り、片方の腕で頬杖をついたまま面倒臭そうにそう言って笑った。僕は我慢強く彼女が話しつづけるのを待った。彼女はいつだってゆっくりと、そして正確な言葉を捜しながらしゃべった。

向い合って座った僕たちの間には赤いプラスチックのテーブルがあり、その上には煙草の吸殻でいっぱいになった紙コップが一つ置かれていた。高い窓からルーベンスの絵のように差しこんだ日の光が、テーブルのまん中にくっきりと明と暗の境界線を引いている。テーブルに置いた僕の右手は光の中に、そして左手は翳の中にあった。

一九六九年の春、僕たちはこのように二十歳だった。ラウンジは新しい皮靴をはき、新しい講義要項を抱え、頭に新しい脳味噌を詰め込んだ新入生のおかげで足の踏み場もなく、僕たちの傍では、始終誰かと誰かがぶつかっては文句を言い合ったり謝まり合ったりしていた。

「なにしろ街なんてものじゃないのよ」彼女はそう続けた。「まっすぐな線路があって、駅があるの。雨の日には運転手が見落としそうなくらいの惨めな駅よ」

僕は肯いた。そしてたっぷり三十秒ばかり、二人は黙って光線の中で揺れる煙草の煙をあてもなく眺めた。

「プラットフォームの端から端まで犬がいつも散歩してるのよ。そんな駅。わかるでしょ？」

僕は肯いた。

「駅を出ると小さなロータリーがあって、バスの停留所があるの。そして店が何軒か。……寝呆けたような店よ。そこをまっすぐに行くと公園にぶつかるわ。公園にはすべり台がひとつとブランコが三台」

「砂場は？」

「砂場？」彼女はゆっくり考えてから確認するように肯いた。「あるわ」

僕たちはもう一度黙り込んだ。僕は燃え尽きた煙草を紙コップの中で丁寧に消した。

「おそろしく退屈な街よ。いったいどんな目的であれほど退屈な街ができたのか想像もつかないわ」

「神は様々な形にその姿を現わされる」僕はそう言ってみた。

直子は首を振って一人で笑った。成績表にずらりとAを並べた女子学生がよくやる笑い方だったが、それは奇妙に長い間僕の心に残った。まるで「不思議の国のアリス」に出てくるチェシャ猫のように、彼女が消えた後もその笑いだけが残っていた。
ところで、プラットフォームを縦断する犬にどうしても会いたかった。

それから四年後、一九七三年の五月、僕は一人その駅を訪れた。犬を見るためだ。そのために僕は髭を剃り、半年振りにネクタイをしめ、新しいコードヴァンの靴をおろした。

今にも錆びつきそうなもの哀しい二両編成の郊外電車を下りると、まず最初に懐しい草の匂いが鼻をついた。ずっと昔のピクニックの匂いだ。五月の風はそのように時の彼方から吹き込んできた。顔を上げ耳を澄ませば、雲雀の声さえも聞こえる。
僕は長いあくびをしてから駅のベンチに腰を下ろし、うんざりした気分で煙草を一本吸った。朝早くアパートを出た時の新鮮な気持は今はもうすっかり消え去ってしまっていた。何もかもが同じことの繰り返しにすぎない、そんな気がした。限りのないデジャ・ヴュ、繰り返すたびに悪くなっていく。

昔、何人かの友だちと雑魚寝をして暮した時期がある。明け方に誰かが僕の頭を踏みつける。そして、ごめんよと言う。それから小便の音が聞こえる。繰り返しだ。

僕はネクタイをゆるめ、煙草を口の端にくわえたまま、まだ足にうまく馴染まない皮靴の底をコンクリートの床にゴシゴシとこすりつけてみた。足の痛みを和らげるためだ。痛みはさして激しくはなかったけれど、まるで体が幾つかの別の部分に分断されてしまったような異和感を僕に与えつづけていた。

犬の姿は見えなかった。

異和感……。

そういった異和感を僕はしばしば感じる。断片が混じりあってしまった二種類のパズルを同時に組み立てているような気分だ。とにかくそんな折にはウィスキーを飲んで寝る。朝起きると状況はもっとひどくなっている。繰り返しだ。

目を覚ました時、両脇に双子の女の子がいた。今までに何度も経験したことではあったが、両脇に双子の女の子というのはさすがに初めてだった。二人は僕の両肩に鼻先をつけて気持良さそうに寝入っていた。よく晴れた日曜日の朝であった。

やがて二人はほとんど同時に目を覚ますとベッドの下に脱ぎすてたシャツとブルー・ジーンをモゾモゾと着こみ、一言も口をきかないまま台所でコーヒーをたて、トーストを焼き、冷蔵庫からバターを出してテーブルに並べた。実に慣れた手つきだった。窓の外のゴルフ場の金網には名も知らぬ鳥が腰を下ろし、機銃掃射のように鳴きまくっていた。

「名前は？」と僕は二人に訊ねてみた。二日酔いのおかげで頭は割れそうだった。

「名乗るほどの名前じゃないわ」と右側に座った方が言った。

「実際、たいした名前じゃないの」と左が言った。「わかるでしょ？」

「わかるよ」と僕は言った。

僕たちはテーブルに向いあって座り、トーストをかじり、コーヒーを飲んだ。実に美味いコーヒーだった。

「名前がないと困る？」と一人が訊ねた。

「どうかな？」

二人はしばらく考え込んだ。

「もしどうしても名前が欲しいのなら、適当につけてくれればいいわ」ともう一人が提案した。

「あなたの好きなように呼べばいい」

彼女たちはいつも交互にしゃべった。まるでＦＭ放送のステレオ・チェックみたいに。おかげで頭は余計に痛んだ。

「例えば？」と僕は訊ねてみた。

「右と左」と一人が言った。

「縦と横」ともう一人が言った。

「上と下」

「表と裏」

「東と西」

「入口と出口」僕は負けないように辛うじてそう付け加えた。二人は顔を見合わせて満足そうに笑った。

入口があって出口がある。大抵のものはそんな風にできている。郵便ポスト、電気掃除機、動物園、ソースさし。もちろんそうでないものもある。例えば鼠取り。

アパートの流し台の下に鼠取りを仕掛けたことがある。餌にはペパーミント・ガムを使った。部屋中を捜しまわった挙句、食べ物と呼び得るものはそれ以外に見当らなかったからだ。冬もののコートのポケットから映画館の半券と一緒にそれをみつけた。

三日めの朝に、小さな鼠がその罠にかかっていた。ロンドンの免税店に積み上げられたカシミヤのセーターのような色をしたまだ若い鼠だった。人間にすれば十五、六といったところだろう。切ない歳だ。ガムの切れ端が足下に転がっていた。

つかまえてはみたものの、どうしたものか僕にはわからなかった。後足を針金にはさんだまま、鼠は四日めの朝に死んでいた。彼の姿は僕にひとつの教訓を残してくれた。

物事には必ず入口と出口がなくてはならない。そういうことだ。

線路は丘陵に沿って、まるで定規でもあてたようにぐいと一直線にのびていた。遥か先には雑木林のくすんだ緑が、紙屑でも丸めたような形に小さく見える。二本のレールは太陽の光を鈍く反射させながら、重なりあうように緑の中に消えていた。どこまでいったところで、きっと同じような風景が永遠に続いているのだろう。そう考えるとうんざりした。これなら地下鉄の方がずっとマシだ。

煙草を吸ってしまうと僕は体を伸ばして空を眺めた。空を眺めるのは久し振りだった。というより何かをゆっくり眺めるという行為自体が実に久し振りだった。

空には雲ひとつない。それでいて全体がぼんやりとした春特有の不透明なヴェールに被われていた。その捉えどころのないヴェールの上から、空の青が少しずつ滲み込もうとしていた。日の光は細かな埃のように音も無く大気の中を降り、そして誰に気取られることもなく地表に積った。

生温かい風が光を揺らせる。まるで木々の間を群れとなって移ろう鳥のように、空気がゆっくりと流れる。風は線路に沿ったなだらかな緑の斜面を滑り、軌道を越え、木々の葉を震わせるでもなく林を抜ける。そして郭公の声が一筋、柔らかな光の中を横切って彼方の稜線に消えて行く。丘は幾つもの起伏となって一列に連なり、眠りについた巨大な猫のように、時の日だまりの中にうずくまっていた。

足の痛みは一層激しくなった。

井戸について語る。

十二の歳に直子はこの土地にやってきた。一九六一年、西暦でいうとそういうことになる。リッキー・ネルソンが「ハロー・メリー・ルウ」を唄った年だ。その当時この平和な緑の谷間には人の目を引くものなど何ひとつ存在しなかった。何軒かの農家と僅かな畑、ざりがにだらけの川、単線の郊外電車とあくびの出そうな駅、それだけだ。大抵の農家の庭先には何本か柿の木が植えられ、庭の隅にはもたれかかった途端にあっさり崩れ落ちてしまいそうな雨ざらしの納屋があり、線路に面した納屋の壁にはちりがみか石鹸の、けばけばしいブリキの広告板が打ちつけられていた。実にそんな土地だった。犬さえもいなかったわ、と直子は言った。

彼女が移り住んだ家は朝鮮戦争の頃に建てられた洋館づくりの二階家であった。さして広いというわけではないのだが、骨太の丈夫な柱と用途に応じて細かく選び抜かれた良質の木材のおかげで家はどっしりと落ちついて見えた。外面は三段階に分かれた濃淡の緑に塗られ、それぞれの色は太陽と雨と風によって見事に色あせて、まわりの風景に実にしっくりと溶けこんでいた。庭は広く、その中には幾つかの林と小さな池があった。林の中にはアトリエがわりに使われていた小ぢんまりとした八角形のあずまやがあり、出窓にはすつかり色がわからなくなってしまったレースのカーテンがかかっていた。池には水仙が咲き乱れ、朝になると小鳥たちが集ってそこで水を浴びた。

家の設計者でもあった最初の住人は年老いた洋画家だったが、彼は直子が越して来る前の冬、肺炎をこじらせて死んだ。一九六〇年、ボビー・ヴィーが「ラバー・ボール」を唄った年だ。いやに雨が多い冬だった。この土地には雪こそ殆んど降らなかったが、そのかわりにおそろしく冷たい雨が降った。雨は土地に浸み入り、地表を湿っぽい冷ややかさで被った。そして地底を甘味のある地下水で満たした。

駅から五分ばかり線路に沿って歩いたところには井戸掘り職人の家があった。そこは川のわきのじめじめした低地で、夏になれば家のまわりを蚊と蛙がぎっしり取り囲んだ。職人は五十ばかりの気むずかしい偏屈な男だったが、井戸掘りに限っては正真正銘の天才だった。彼は井戸掘りを頼まれると、まず最初に頼まれた家の敷地を何日もかけて歩きまわり、ブツブツ文句を言いながら方々の土を手ですくって匂いを嗅いだ。そして納得できるポイントをみつけると何人かの仲間の職人を呼んで地面を一直線に掘り下げた。

そんなわけでこの土地の人々は美味い井戸水を心ゆくまで飲むことができた。まるでグラスを持つ手までがすきとおってしまいそうなほどの澄んだ冷たい水だった。富士の雪溶け水、と人々は呼んだが嘘に決まっている。とどくわけがないのだ。

直子が十七になった秋、職人は電車に轢かれて死んだ。土砂降りの雨と冷や酒と難聴のせいだった。死体は何千という肉片となってあたりの野原に飛び散り、それをバケツ五杯分回収するあいだ七人の警官が先端に鉤のついた長い棒で腹を減らせた野犬の群れを追い払い続けねばならなかった。もっともバケツ一杯分ばかりの肉片は川に落ちて池に流れ込み、魚の餌となった。

職人には二人の息子がいたが、どちらも跡は継がずにこの土地を出ていった。そして残された家は誰ひとり近寄るものもないまま廃屋となり、長い年月をかけてゆっくりと朽ち果てていった。そしてそれ以来、この土地では美味い水の出る井戸は得難いものとなった。

僕は井戸が好きだ。井戸を見るたびに石を放り込んでみる。小石が深い井戸の水面を打つ音ほど心の安まるものはない。


一九六一年に直子の一家がこの土地に移り住むことになったのは父親の一存によるものであった。死んだ老画家と親しい友人であったためでもあるし、むろんこの土地を気に入っていたためでもある。

彼はその分野では少しは名を知られた仏文学者であったらしいが、直子が小学校にあがる頃に突然大学の職を辞し、それ以来気の向くままに不可思議な古い書物を翻訳するといった気楽な生活を送りつづけていた。堕天使や破戒僧、悪魔払い、吸血鬼といった類いの書物だ。くわしくは知らない。一度だけ雑誌に載った写真を見かけたことがある。直子の話によれば若いうちは何かと面白おかしい人生を送った人物であるらしく、そういった雰囲気は写真の風貌の中にも幾らかうかがうことはできた。ハンチングをかぶり黒い眼鏡をかけ、カメラのレンズの一メートルばかり上をキッと睨んでいた。何かが見えたのかもしれない。

直子の一家が引越してきた当時、この土地にはそういった類いの酔狂な文化人が集った漠然とした形のコロニーが形成されていた。それはちょうど帝政ロシア時代に思想犯が送りこまれたシベリア流刑地のようなものであったらしい。

流刑地についてはトロツキーの伝記で少しばかり読んだことがある。どういうわけか、ゴキブリとトナカイの話だけを今でもはっきりと覚えている。それでトナカイの話……。

トロツキーは闇にまぎれてトナカイの橇を盗み、流刑地を脱走した。凍てつく白銀の荒野を四頭のトナカイはひた走った。彼らの吐く息は白いかたまりとなり、ひづめは処女雪を散らせた。二日後に停車場にたどりついた時、トナカイたちは疲労のために倒れ、そして二度とは起き上がらなかった。トロツキーは死んだトナカイたちを抱き上げ、涙ながらに胸に誓った。私は必ずやこの国に正義と理想と、そして革命をもたらしてやる、と。赤の広場には今でもこの四頭のトナカイの銅像が立っている。一頭は東を向き、一頭は北を向き、一頭は西を向き、一頭は南を向いている。スターリンさえもこのトナカイたちを破壊することはできなかった。モスクワを訪れる人は土曜日の朝早くに赤の広場を見物するといい。赤い頬をした中学生たちが白い息を吐きながらトナカイたちにモップをかけているさわやかな光景を眺めることができるはずだ。

……コロニーの話だ。

彼らは駅に近い便利な平地を避け、わざわざ山の中腹を選んではそこに思い思いの家を建てた。そのひとつひとつはとてつもなく広い庭を持ち、庭の中には雑木林や池や丘をそのままに残した。ある家の庭には本物の鮎が泳ぐきれいな小川さえ流れていた。

彼らは早朝キジバトの声で目を覚まし、ブナの実を足で踏みしだきながら庭を巡り、立ち止まっては葉の間からこぼれ落ちる朝の光を仰いだ。

さて、時が移り、都心から急激に伸びた住宅化の波は僅かながらもこの地に及んだ。東京オリンピックの前後だ。山から見下ろすとまるで豊かな海のようにも見えた一面の桑畑はブルドーザーに黒く押し潰され、駅を中心とした平板な街並が少しずつ形作られていった。

新しい住民の殆んどは中堅どころのサラリーマンで、朝の五時過ぎに飛び起きると顔を洗うのももどかしく電車に乗り込み、夜遅くに死んだようになって戻ってきた。

そんなわけで、彼らがゆっくりと街や自分の家を眺めることができるのは日曜の午後に限られていた。そして彼らの大抵はまるで申し合わせたように犬を飼った。犬たちは次々に交配し、仔犬は野犬となった。昔は犬さえもいなかった、と直子が言ったのはそういう意味だ。

一時間ばかり待ったが犬は現われなかった。十本ばかりの煙草に火を点け、そして踏み消した。プラットフォームの中央まで歩き、水道の蛇口から手の切れるような冷たく美味い水を飲んだ。それでも犬は現われなかった。

駅のわきには広い池があった。川をせき止めたような形に細く曲りくねった池だ。まわりには丈の高い水草が茂り、時折水面に魚のはねるのが見えた。岸には何人かの男たちが距離をおいて座り、ムッと黙りこんだまま くすんだ色の水面に釣糸を垂らしている。糸はまるで水面につきささった銀の針のようにピクリとも動かなかった。ぼんやりとした春の日差しの下で、釣人の連れて来たらしい白い大きな犬がクローバーの匂いを熱心に嗅ぎまわっていた。

犬が十メートルばかりの距離まで近づいた時、僕は柵から身を乗り出して呼んでみた。犬は顔を上げ、気の毒なほど薄い茶色の目で僕を眺め、それから尻尾を二、三度振った。指を鳴らすと犬はやってきて柵の間から鼻先をつっこんで僕の手を長い舌でなめた。

「入れよ」と僕は後に下がって犬を呼んだ。犬はためらうように後を振り向き、よくわからぬままに尻尾を振り続けた。

「中に入れよ。待ちくたびれたんだ」

僕はポケットからチューインガムを取り出し、包装紙を取って犬に見せた。犬はしばらくガムをじっと眺めてから、決心して柵をくぐった。僕は犬の頭を何度か撫でてから手のひらでガムを丸め、プラットフォームの端に向って思い切り放り投げた。犬は一直線に走った。

僕は満足して家に帰った。

帰りの電車の中で何度も自分に言いきかせた。全ては終っちまったんだ、もう忘れろ、と。そのためにここまで来たんじゃないか、と。でも忘れることなんてできなかった。直子を愛していたことも。そして彼女がもう死んでしまったことも。結局のところ何ひとつ終ってはいなかったからだ。


金星は雲に被われた暑い星だ。暑さと湿気のために住民の大半は若死にする。三十年も生きれば伝説になるほどだ。そしてその分だけ彼らの心は愛に富んでいる。全ての金星人は全ての金星人を愛している。彼らは他人を憎まないし、うらやまないし、軽蔑しない。悪口も言わない。殺人も争いもない。あるのは愛情と思いやりだけだ。

「たとえ今日誰が死んだとしても僕たちは悲しまない」

金星生まれの物静かな男はそう言った。「僕たちはその分だけ生きてるうちに愛しておくのさ。後で後悔しないようにね」

「先取りして愛しておくってわけだね?」

「君たちの使う言葉はよくわからないな」と彼は首を振った。

「本当にそう上手くいくのかい？」と僕は訊ねてみた。

「そうでもしなければ」と彼は言った。「金星は悲しみで埋まってしまう」

僕がアパートに帰ると双子は缶詰のオイル・サーディンのような形に並んでベッドにもぐりこんだままクスクス笑い合っていた。

「おかえりなさい」と片方が言った。

「何処に行ってたの？」

「駅さ」と僕は言ってネクタイをゆるめ、双子の間にもぐりこんで目を閉じた。ひどく眠かった。

「何処の駅？」

「何をしに行ったの？」

「遠くの駅さ。犬を見に行った」

「どんな犬？」

「犬は好き？」

「白くて大きな犬だったな。でも犬がそれほど好きなわけでもないんだ」

僕が煙草に火を点けて吸い終るまでの間、二人は黙っていた。

「悲しいの？」と片方が訊ねた。

僕は黙って肯いた。

「お眠りなさい」と片方が言った。

そして僕は眠った。

これは「僕」の話であるとともに鼠と呼ばれる男の話でもある。その秋、「僕」たちは七百キロも離れた街に住んでいた。

一九七三年九月、この小説はそこから始まる。それが入口だ。出口があればいいと思う。もしなければ、文章を書く意味なんて何もない。

ピンボールの誕生について

レイモンド・モロニーなる人物の名に心当たりのある方はまずいるまい。

かつてそのような人物が存在し、そして死んだ、とそれだけのことだ。彼の生涯については誰も知らない。深い井戸の底のみずすましほどにしか知らない。

もっともピンボールの史上第一号機が一九三四年にこの人物の手によってテクノロジーの黄金の雲の間からこの穢れ多き地上にもたらされたというのはひとつの歴史的事実である。そしてそれはまたアドルフ・ヒットラーが大西洋という巨大な水たまりを隔てて、ワイマールの梯子の一段めに手をかけようとしていた年でもあった。

さて、このレイモンド・モロニー氏の人生はライト兄弟やマルカム・ベルの如き神話的色彩にいろどられているわけではない。心暖まる少年時代のエピソードもなければ、劇的なユリイカもない。僅かに物好きな読者のために書かれた物好きな専門書の第一ページめにその名を留めるのみである。一九三四年、ピンボールの第一号機はレイモンド・モロニー氏により発明された、と。写真さえ載ってはいない。もちろん肖像もなければ銅像もない。

あなたはこう思うかもしれない。もしこのモロニー氏が存在しなければピンボール・マシーンの歴史は今とはすっかり違ったものになっていただろう。いや、存在すらしなかったかもしれない。さすれば、このモロニー氏に対する我々の不当評価は忘恩の行為ではないのか、と。しかしながらもしあなたにモロニー氏の手になるピンボール第一号機「バリフー」を眺める機会があれば、その疑念は解消するに違いない。そこには我々の想像力を刺激する要素など何ひとつ無いからだ。

ピンボール・マシーンとヒットラーの歩みはある共通点を有している。彼らの双方がある種のいかがわしさと共に時代の泡としてこの世に生じ、そしてその存在自体よりは進化のスピードによって神話的オーラを獲得したという点で。進化はもちろん三つの車輪、すなわちテクノロジーと資本投下、それに人々の根源的欲望によって支えられていた。

人々は恐るべきスピードでこの泥人形にも似た素朴なピンボール・マシーンに様々な能力を与えつづけた。あるものは「光あれ！」と叫び、あるものは「電気あれ！」と叫び、あるものは「フリッパーあれ！」と叫んだ。そして光がフィールドを照らし出し、電気がマグネットの力でボールをはじき、フリッパーの二本の腕がそれを投げ返した。

スコアがプレイヤーの伎倆を十進法の数値に換算し、強い揺さぶりに対しては反則《ティルト》ランプが応えた。次にシークエンスという形而上学的概念が誕生し、ボーナス・ライト、エクストラ・ボール、リプレイという様々な学派がそこから生まれた。そして実にこの時期において、ピンボール・マシーンはある種の呪術性をさえ帯びるようになった。

これはピンボールについての小説である。

ピンボール研究書「ボーナス・ライト」の序文はこのように語っている。

「あなたがピンボール・マシーンから得るものは殆んど何もない。数値に置き換えられたプライドだけだ。失なうものは実にいっぱいある。歴代大統領の銅像が全部建てられるくらいの銅貨と（もっともあなたにリチャード・M・ニクソンの銅像を建てる気があればのことだが）、取り返すことのできぬ貴重な時間だ。

あなたがピンボール・マシーンの前で孤独な消耗をつづけているあいだに、あるものはプルーストを読みつづけているかもしれない。またあるものはドライヴ・イン・シアターでガール・フレンドと『勇気ある追跡』を眺めながらヘビー・ペッティングに励んでいるかもしれない。そして彼らは時代を洞察する作家となり、あるいは幸せな夫婦となるかもしれない。

しかしピンボール・マシーンはあなたを何処にも連れて行きはしない。リプレイ（再試合）のランプを灯すだけだ。リプレイ、リプレイ、リプレイ……、まるでピンボール・ゲームそのものがある永劫性を目指しているようにさえ思える。

永劫性について我々は多くを知らぬ。しかしその影を推し測ることはできる。

ピンボールの目的は自己表現にあるのではなく、自己変革にある。エゴの拡大にではなく、縮小にある。分析にではなく、包括にある。

もしあなたが自己表現やエゴの拡大や分析を目指せば、あなたは反則《ティルト》ランプによって容赦なき報復を受けるだろう。

良き《ハヴ・ア・ナイス・》ゲーム《ゲーム》を祈る」

1

もちろん双子の姉妹を見分ける方法は幾つもあるのだろうが、残念なことに僕はただのひとつも知らなかった。顔も声も髪型も、何もかも同じ上に、ホクロもあざもないとなれば全くのお手上げだった。完璧なコピーだ。ある種の刺激に対する反応の具合も同じなら、食べるもの飲むもの、歌う唄、睡眠時間、生理期間までもが同じだった。

双子であるという状況がどのようなものであるのかは僕の想像力を遥かに越えた問題である。しかしもし僕に双子の兄弟がいて、僕たち二人の何もかもが同じだったとすれば、きっと僕は恐しい混乱に陥ったと思う。恐らく僕自身に何かしらの問題があるためかもしれない。

もっとも彼女たち二人は至極平穏に暮していたし、僕が彼女たちを見分けることができないのに気づくとひどく驚き、そして腹さえ立てた。

「だって全然違うじゃない」

「まるで別人よ」

僕は何も言わずに肩をすくめた。

二人が僕の部屋に入りこんでからどれほどの時が流れたのか、僕にはわからない。彼女たちと暮し始めてから、僕の中の時間に対する感覚は目に見えて後退していった。それはちょうど、細胞分裂によって増殖する生物が時間に対して抱く感情と同じようなものではなかったかという気がする。

僕と僕の友人は渋谷から南平台に向う坂道にあるマンションを借りて、翻訳を専門とする小さな事務所を開いていた。資金は友人の父親から出た、と言っても驚くほどの金ではない。部屋の権利金の他にはスチールの机が三つと十冊ばかりの辞書、電話とバーボン・ウィスキーを半ダース買ったきりだった。余った金で鉄製の看板をあつらえ、適当な名前をひねり出してそこに彫りこませて表に掲げ、新聞に広告を出してしまうと二人で四本の足を机に載せウィスキーを飲みながら客を待った。七二年の春のことだ。

何ヵ月か経ってから、僕たちは実に豊かな鉱脈を掘りあてたことに気づいた。驚くほどの量の依頼が僕たちのささやかな事務所に持ちこまれてきたのだ。僕たちはその収入でエア・コンと冷蔵庫とホーム・バー・セットを買った。

「俺たちは成功者だ」と友人は言った。

僕もいたく満足した。誰かからそれほどの暖かい言葉をかけられたのは生まれて初めてだったからだ。

友人は知り合いの印刷屋にわたりをつけ、印刷を必要とする翻訳書類を一手に扱わせ、リベートまでも取った。僕は外語大の学生課で何人かの出来のよい学生を集めてもらい、さばききれない下訳をまかせることにした。女の事務員をやとい、雑用や経理や連絡を任せた。ビジネス・スクールを出たばかりの足の長いよく気がつく女の子で、一日に二十回も「ペニー・レイン」を（それもサビ抜きで）口ずさむことを別にすればこれといった欠点はなかった。ありゃ、あたりだよ、と友人は言った。だから彼女には一般の会社の百五十パーセント分の給料を払い、ボーナスを五ヵ月分払い、夏と冬には十日間の休暇を与えた。そんなわけで僕たち三人はそれぞれに満足して幸せに暮していた。

仕事部屋は2DKだったが、不思議なことにDKは二つの部屋の中間に位置していた。僕たちはマッチ棒でくじを作り、その結果僕が奥の部屋を取り、友人が玄関に近い手前の部屋を取った。女の子は中央のDKに座り、「ペニー・レイン」を歌いながら帳簿を整理したり、オン・ザ・ロックを作ったり、ゴキブリ取りを組み立てたりした。

僕は必要経費で買い込んだ二つの書類棚を机の両脇に置き、左側には未訳の、右側には翻訳済みの文書を積み重ねた。

文書の種類も依頼主も実に様々だった。ボール・ベアリングの耐圧性に関する「アメリカン・サイエンス」の記事、一九七二年度の全米カクテル・ブック、ウィリアム・スタイロンのエッセイから安全カミソリの説明文に至る様々な文書が「何月何日まで」という荷札を付けて机の左側に積み上げられ、しかるべき時の経過を経て右側に移った。そして一件が終了する度《たび》に親指の幅一本分ほどのウィスキーが飲み干された。

考えるに付け加えることは何もない、というのが我々の如きランクにおける翻訳の優れた点である。左手に硬貨を持つ、パタンと右手にそれを重ねる、左手をどける、右手に硬貨が残る、それだけのことだ。

十時に事務所に入り、四時に事務所を出る。土曜日には三人で近くのディスコティックに行き、J&Bを飲みながらサンタナのコピー・バンドで踊った。

収入は悪くなかった。会社の収入の中から事務所の家賃と僅かな必要経費、女の子の給与、アルバイトの給与、それに税金分を抜き、残りを十等分して一つを会社の貯金とし、五つを彼が取り、四つを僕が取った。原始的なやり方だったが机の上に現金を並べて等分していくのは実に楽しい作業だった。「シンシナティ・キッド」のスティーヴ・マクィーンとエドワード・G・ロビンソンのポーカー・ゲームのシーンを想い起こさせた。

彼が五で僕が四という配分も実に妥当なものであったと思う。実質的な経営は彼に押しつけていたわけだし、僕がウィスキーを飲みすぎる時も彼は文句も言わずに我慢してくれたからだ。おまけに友人は病弱な妻と三歳の息子とすぐにエンジンが故障するフォルクス・ワーゲンを抱え、それでも足りずにいつも何かの悩みのタネを抱え込もうとしていた。「僕だって双子の女の子を養ってるんだ」ある日僕はそう言ってみたが、もちろん信用してはもらえなかった。相変らず彼が五つを取り、僕が四つを取った。

そのように、僕の二十代半ばを前後する季節は流れた。午後の日だまりのように平和な日々であった。

「凡そ人の手によって書かれたもので」というのが僕たちの三色刷りパンフレットの輝かしいキャッチ・フレーズだった。「人に理解され得ぬものは存在しません」

半年に一度ばかりやってくる恐しく暇な時期になると、僕たち三人は渋谷の駅前に立って退屈しのぎにそのパンフレットを配ったものだ。

どれほどの時が流れたのだろう、と僕は思う。果てしなく続く沈黙の中を僕は歩んだ。仕事が終るとアパートに帰り、双子のいれてくれた美味しいコーヒーを飲みながら、「純粋理性批判」を何度も読み返した。

時折、昨日のことが昨年のことのように思え、昨年のことが昨日のことのように思えた。ひどい時には来年のことが昨日のことのように思えたりもした。一九七一年九月号の「エスカイヤ」に載っているケネス・タイナンの「ポランスキー論」を訳しながら、ずっとボール・ベアリングのことを考えたりもした。

何ヵ月も何年も、僕はただ一人深いプールの底に座りつづけていた。温かい水と柔らかな光、そして沈黙。そして、沈黙……。

双子を見わける方法はたったひとつしかなかった。彼女たちが着ているトレーナー・シャツである。すっかり色のさめたネイビー・ブルーのシャツで胸には白抜きの数字がプリントされていた。ひとつは「２０８」、もうひとつは「２０９」である。「２」が右の乳首の上にあり、「８」または「９」が左の乳首の上にある。「０」はそのまん中にポツンとはさみこまれていた。

その番号は何を意味するのか、と僕は最初の日に二人に訊ねてみた。何も意味しない、と彼女たちは言った。

「機械の製造番号《シリアル・ナンバー》みたいだな」

「何のこと？」と一人が訊ねた。

「つまりさ、君たちと同じようなのが何人も居てさ、そのNO・208とNO・209ってことさ」

「まさか」と209が言った。

「生まれた時から二人きりよ」と208が言った。「それにこのシャツはもらったのよ」

「何処で？」と僕。

「スーパー・マーケットの開店記念なの。先着何人かに無料で配ったのよ」

「私が209人めのお客で」と209。

「私が208人めのお客」と208。

「二人でティッシュ・ペーパーを三箱買ったのよ」

「オーケー、じゃあこうしよう」と僕は言った。「君を208と呼ぶ。君は209。それで区別できる」僕は二人を順番に指さした。

「無駄よ」と一人が言った。

「何故？」

二人は黙ってシャツを脱ぎ、それを交換して頭からすっぽりかぶった。

「私は208」と209が言った。

「私が２０９」と２０８が言った。

僕はため息をついた。

それでも僕はどうしても二人を区別する必要に迫られた時には、番号に頼らざるを得なかった。それ以外に二人を識別する方法なんて何ひとつなかったからだ。

そのシャツ以外に二人は殆んど衣服を持ってはいなかった。散歩の途中で他人の部屋に上がり込み、そのまま住みついてしまったという様子だった。それにまあ実際そんなところなんだろう。僕は必要なものを買うようにと週の始めにいつも少しばかりの金を二人に与えたが、彼女たちは食事に必要なもの以外にはコーヒー・クリーム・ビスケットしか買わなかった。

「服がなきゃ困るだろう？」と僕は訊ねてみた。

「困んないわ」と２０８は答えた。

「服になんて興味ないんだもの」と２０９。

週に一度二人はいとおしそうに風呂場でトレーナー・シャツを洗った。ベッドの中で「純粋理性批判」を読みながらふと目を上げると、二人が裸のまま風呂場のタイルの上に並んでシャツを洗っている姿が見える。そんな時、僕は自分が本当に遠くまで来てしまったんだと実感する。何故だかはわからない。去年の夏、プールの跳び込み台の下で差し歯を失くして以来、時々そういった気持になる。

僕が仕事から戻ってくると、南向きの窓に208、209という番号のついたトレーナー・シャツがはためいているのによく出会った。そんな折には涙さえ出たものだ。

何故僕の部屋に住みついたのか、いつまでいるつもりなのか、だいいち君たちは何なのか、年は？　生まれは？　……僕は何ひとつ質問しなかった。彼女たちも言い出さなかった。

僕たちは三人でコーヒーを飲んだり、ロスト・ボールを捜しながらゴルフ・コースを夕方散歩したり、ベッドでふざけあったりして毎日を送っていた。メイン・アトラクションは新聞解説で、僕は毎日一時間かけて二人にニュースを解説した。二人は驚くほど何も知らなかった。ビルマとオーストラリアの区別さえつかなかった。ヴェトナムが二つの部分にわかれて戦争をしていることを納得させるのに三日かかり、ニクソンがハノイを爆撃する理由を説明するのにあと四日かかった。

「あなたはどちらを応援してるの？」と208が訊ねた。

「どちら？」

「つまり、南と北よ」と２０９。

「さあね、どうかな？　わかんないね」

「どうして？」と２０８。

「僕はヴェトナムに住んでるわけじゃないからさ」

二人とも僕の説明には納得しなかった。僕だって納得できなかった。

「考え方が違うから闘うんでしょ？」と２０８が追及した。

「そうとも言える」

「二つの対立する考え方があるってわけね？」と２０８。

「そうだ。でもね、世の中には百二十万くらいの対立する考え方があるんだ。いや、もっと沢山かもしれない」

「殆んど誰とも友だちになんかなれないってこと？」と２０９。

「多分ね」と僕。「殆んど誰とも友だちになんかなれない」

それが僕の一九七〇年代におけるライフ・スタイルであった。ドストエフスキーが予言し、僕が固めた。

2

一九七三年の秋には、何かしら底意地の悪いものが秘められているようでもあった。まるで靴の中の小石のように鼠にははっきりとそれを感じ取ることができた。

その年の短かい夏が九月初めの不確かな大気の揺らめきに吸い込まれるように消えた後も、鼠の心は僅かばかりの夏の名残りの中に留まっていた。古いTシャツ、カット・オフ・ジーンズ、ビーチサンダル……、そういった相も変らぬ格好で「ジェイズ・バー」に通い、カウンターに腰を下ろしてバーテンのジェイを相手に少しばかり冷えすぎたビールを飲み続けた。五年振りに煙草を吸い始め、十五分おきに腕時計を眺めた。

鼠にとっての時の流れは、まるでどこかでプツンと断ち切られてしまったように見える。何故そんなことになってしまったのか、鼠にはわからない。切り口をみつけることさえできない。死んだロープを手にしたまま彼は薄い秋の闇の中を彷徨った。草地を横切り、川を越え、幾つかの扉を押した。しかし死んだロープは彼を何処にも導かなかった。羽をもがれた冬の蝿のように、海を前にした河の流れのように鼠は無力であり、孤独であった。何処かで悪い風が吹き始め、それまで鼠をすっぽりと取り囲んでいた親密な空気を地球の裏側にまで吹きとばしてしまったようにも感じられる。

ひとつの季節がドアを開けて去り、もうひとつの季節がもうひとつのドアからやってくる。人は慌ててドアを開け、おい、ちょっと待ってくれ、ひとつだけ言い忘れたことがあるんだ、と叫ぶ。でもそこにはもう誰もいない。ドアを閉める。部屋の中には既にもうひとつの季節が椅子に腰を下ろし、マッチを擦って煙草に火を点けている。もし言い忘れたことがあるのなら、と彼は言う、俺が聞いといてやろう、上手くいけば伝えられるかもしれない。いやいいんだ、と人は言う、たいしたことじゃないんだ。風の音だけがあたりを被う。たいしたことじゃない。ひとつの季節が死んだだけだ。


毎年のことながら、秋から冬にかけての冷ややかな季節を、大学を放り出されたこの金持ちの青年と孤独な中国人のバーテンは、まるで年老いた夫婦のように肩を寄せ合って過ごした。

秋はいつも嫌な季節だった。夏のあいだに休暇で街に帰っていた数少ない彼の友人たちは、九月の到来を待たずに短かい別れの言葉を残し、遠く離れた彼ら自身の場所に戻っていった。そして夏の光があたかも目に見えぬ分水嶺を越えるかのようにその色あいを微かに変える頃、鼠のまわりを僅かな期間ではあるがオーラの如く包んでいたある輝きも消えた。そして暖かい夢の名残りも、まるで細い川筋のように秋の砂地の底に跡かたもなく吸い込まれていった。

一方ジェイにとっても、秋は決して喜ばしい季節ではなかった。九月も半ばという頃になると、店の客は目に見えて減っていたからだ。例年のことではあったが、その秋の凋落ぶりには目を見張るものがあった。そしてジェイにも鼠にもその理由はわからなかった。店を閉める時間になっても、フライド・ポテト用にむいた芋がバケツ半杯分ばかり残っているという有様だった。

「今に忙しくなるさ」と鼠はジェイを慰めた。「それで今度は忙しすぎるってまた文句を言い出すんだ」

「どうかね」

ジェイはカウンターの中に持ちこんだスツールにどっかりと腰を下ろし、アイスピックの先でトースターに付いたバターの脂を落としながら疑わし気にそう言った。

この先どうなるのかは誰にもわからなかった。

鼠は黙って本のページをめくり、ジェイは酒瓶を磨きながら、ゴツゴツした指で両切りの煙草を吸った。

鼠にとって時の流れがその均質さを少しずつ失い始めたのは三年ばかり前のことだった。大学をやめた春だ。

鼠が大学を去ったのにはもちろん幾つかの理由があった。その幾つかの理由が複雑に絡み合ったままある温度に達した時、音をたててヒューズが飛んだ。そしてあるものは残り、あるものははじき飛ばされ、あるものは死んだ。

大学をやめた理由は誰にも説明しなかった。きちんと説明するには五時間はかかるだろう。それに、もし誰か一人に説明すれば他のみんなも聞きたがるかもしれない。そのうちに世界中に向って説明する羽目になるかもしれない、そう考えただけで鼠は心の底からうんざりした。

「中庭の芝生の刈り方が気に入らなかったんだ」どうしても何かしらの説明を加えないわけにいかぬ折にはそう言った。実際に大学の中庭の芝生を眺めに行った女の子までいた。それほど悪くはなかったわ、と彼女は言った。少しばかり紙屑が散らかってはいたけど……。好みの問題さ、と鼠は答えた。

「お互い好きになれなかったんだ。俺の方も大学の方もね」幾らか気分の良い時にはそうも言った。そしてそれだけを言ってしまうと後は黙り込んだ。

もう三年も前のことになる。

時の流れとともに全ては通り過ぎていった。それは殆んど信じ難いほどの速さだった。そして一時期は彼の中に激しく息づいていた幾つかの感情も急激に色あせ、意味のない古い夢のようなものへとその形を変えていった。

鼠は大学に入った年に家を出て、父親が一時書斎がわりに使っていたマンションの一室に移った。両親も反対はしなかった。ゆくゆくは息子に与えるつもりで買ったわけだし、当分一人暮しで苦労してみるのも悪くはあるまいと思ったわけだ。

もっともそれは誰がどう眺めまわしても苦労といった類いのものではなかった。メロンが野菜に見えないのと同じことだ。部屋は実にゆったりと設計された2DKで、エア・コンと電話、17インチのカラー・テレビ、シャワー付きのバス、トライアンフの収まった地下の駐車場、おまけに日光浴には理想的な洒落たベランダまでが付いていた。南東の隅にある最上階の窓からは街と海が一望に見下ろせる。両側の窓を開け放つと、豊かな樹々の香りと野鳥のさえずりを風が運んだ。

穏かな午後の時間を、鼠は籐椅子の上で送った。ぼんやりと目を閉じると、緩やかな水の流れのように時が彼の体を通り抜けていくのが感じられる。そして何時間も何日も何週間も、鼠はそんな具合に時を送りつづけた。

時折、幾つかの小さな感情の波が思い出したように彼の心に打ち寄せた。そんな時には鼠は目を閉じ、心をしっかりと閉ざし、波の去るのをじっと待った。夕暮の前の僅かな薄い闇のひとときだ。波が去った後には、まるで何ひとつ起こらなかったかのように、再びいつものささやかな平穏が彼を訪れた。

3

新聞の勧誘員以外に僕の部屋をノックする人間なんてまず誰もいない。だからドアを開けたこともなければ返事さえしたこともない。

しかしその日曜日の朝の訪問者は三十五回もノックを続けた。仕方なく僕は半分眼を閉じたままベッドから起き上がり、もたれかかるようにしてドアを開けた。グレーの作業服を着た四十ばかりの男が、仔犬でも抱えるようにヘルメットを手にして廊下につっ立っていた。

「電話局のものです」と男は言った。「配電盤を取り替えるんです」

僕は肯いた。どれだけ髭を剃っても剃り足りないくらいまっ黒な顔をした男だった。目の下にまで髭がはえている。幾らかは気の毒な気もしたが、とにかくひどく眠かった。朝の四時まで双子とバックギャモンをしていたせいだ。

「午後にしてくれませんか？」

「今じゃなきゃ困るんですよ」

「どうして？」

男は太股についた外ポケットをもぞもぞ探ってから黒い手帳を僕に見せた。「一日分の仕事が決まってるんですよ。この地区が済んだらすぐに別の方に移ることになってるんですよ、ほらね」

僕は反対側から手帳をのぞきこんだ。確かにこの地区で残っているのはこのアパートだけだった。

「どんな工事をするんですか？」

「簡単なもんですよ。配電盤を取り出す、線を切る、新しいのにつなぐ、それだけ。十分で済んじゃいます」

僕は少し考えてから、やはり首を横に振った。

「今ので不自由ないんだ」

「今のは旧式なんです」

「旧式で構わないよ」

「ねえ、いいですか」と男は言ってしばらく考えた。「そういった問題じゃないんですよ。みんながとても困るんだ」

「どんな風に?」

「配電盤はみんな本社のでかいコンピューターに接続されてるんですよ。ところがお宅だけがみんなと違った信号を出すとするとね、これはとても困るんだ。わかりますか?」

「わかるよ。ハードウェアとソフトウェアの統一の問題だよね」

「わかったら入れてくれませんかね?」

僕はあきらめてドアを開け、男を中に入れた。

「でも何故配電盤が僕の部屋にあるんだろう?」僕はそう訊ねてみた。「管理人室か、どこかそういったところにあるもんでしょ?」

「普通はね」男はそう言いながら台所の壁を丹念に調べて配電盤を捜した。「でもね、みんな配電盤をひどく邪魔物扱いするんですよ。普段は使わないもんだし、かさばるからね」

僕は肯いた。男は靴下のまま台所の椅子に上り天井を探った。でも何もみつからなかった。

「まるで宝さがしなんだ。みんな想像もつかないような場所に配電盤をぶちこむんですよ。可哀そうにね。そのくせ部屋には馬鹿でかいピアノを置いて人形ケースを飾ったりするんだ。おかしいよ」

僕は同意した。男は台所をあきらめて、首を振りながら部屋に通じるドアを開けた。

「例えばこの前にまわったマンションの配電盤なんて哀れなもんだったね。一体何処に放り込まれてたと思います？　さすがのあたしも……」

男はそこまで言って息を呑んだ。部屋の隅には巨大なベッドが置かれ、双子がまん中に僕の分だけのスペースを残したまま並んで毛布から首を出していたからだ。工事人は呆然としたきり十五秒間口もきけなかった。双子も黙っていた。だから仕方なく僕が沈黙を破った。

「ええ、電話の工事をなさる方だ」

「よろしく」と右側が言った。

「御苦労様」と左側が言った。

「いや……、どうも」と工事人が言った。

「配電盤の交換にみえたんだ」と僕。

「配電盤？」

「なあに、それ？」

「電話の回線を司る機械だよ」

わからない、と二人は言った。そこで僕は残りの説明を工事人に引き渡した。

「ん……、つまりね、電話の回線が何本もそこに集ってるわけです。なんていうかね、お母さん犬が一匹いてね、その下に仔犬が何匹もいるわけですよ。ほら、わかるでしょ？」

「？」

「わかんないわ」

「ええ……、それでそのお母さん犬が仔犬たちを養ってるわけです。……お母さん犬が死ぬと仔犬たちも死ぬ。だもんで、お母さんが死にかけるとあたしたちが新しいお母さんに取替えにやってくるわけなんです」

「素敵ね」

「すごい」

僕も感心した。

「というわけで、本日参ったわけです。お寝みのところを誠に申しわけないのですが」

「構いませんわよ」

「是非見てみたいわ」

男はほっとしたようにタオルで汗を拭い、部屋をぐるりと見回した。

「さて、配電盤を捜さなくっちゃ」

「捜す必要なんてないわよ」と右側が言った。

「押入れの奥よ。板をはがすの」と左側が続けた。

僕はひどく驚いた。「ねえ、何故そんなこと知ってる？　僕だって知らなかったぜ」

「だって配電盤でしょ？」

「有名よ」

「参ったね」と工事人が言った。


十分ばかりで工事は終ったが、その間双子は額を寄せて何事かを囁きあいながらクスクス笑っていた。おかげで男は何度も配線をやりそこなった。工事が終ると双子はトレーナーとブルー・ジーンをベッドの中でゴソゴソと着こみ、台所に行ってみんなにコーヒーをいれた。

僕は工事人に残っていたデニッシュ・ペストリーを勧めてみた。彼はひどく喜んでそれを受けとり、コーヒーと一緒に食べた。

「すみませんね。朝から何も食べてないんだ」

「奥さんはいないの？」と208が訊ねた。

「いや、いますよ。でもね、日曜日の朝は起きちゃくれないんです」

「気の毒ね」と209。

「あたしだって好きで日曜に仕事してるわけじゃない」

「ゆで卵は食べる？」僕も気の毒になってそう訊ねてみた。

「いや結構です。そこまでしてもらっちゃ申しわけない」

「悪かないよ」と僕は言った。「どうせみんなのも作るんだから」

「じゃあいただきます。中くらいの固さで……」


ゆで卵をむきながら男は話を続けた。

「あたしも二十一年間いろんな家をまわったけどね、こんなのって初めてだな」

「何が？」と僕は訊ねた。

「つまりね、ん……、双子の女の子と寝てる人なんてのはさ。ねえ、旦那も大変でしょ？」

「そうでもないよ」と僕は二杯目のコーヒーをすすりながら言った。

「本当に？」

「本当さ」

「彼ってすごいんだから」と208が言った。

「獣よ」と209が言った。

「参ったね」と男が言った。


本当に参ったのだと思う。その証拠に彼は古い配電盤を忘れていった。それとも朝食の御礼だったのかもしれない。とにかく双子たちは一日中その配電盤で遊んでいた。どちらかがお母さん犬になり、他方が仔犬になって、わけのわからぬことをしゃべりあっていた。

僕は二人には取りあわず、午後の間ずっと持ち帰りの翻訳の仕事を続けた。下訳のアルバイト学生が試験期間中だったせいで、僕の仕事はたっぷりたまっていたのだ。調子は悪くなかったが三時をこえたあたりから電池が切れかけたようにペースが落ちはじめ、四時には全てが死に絶えた。もう一行も進まなかった。

僕はあきらめて机に敷いたガラス板の上に両肘をつき、天井に向けて煙草をふかした。煙は静かな午後の光の中をゆっくりと、まるでエクトプラズムのように彷徨った。ガラス板の下には銀行でもらった小さなカレンダーがはさみこまれている。一九七三年九月……、まるで夢のようだった。一九七三年、そんな年が本当に存在するなんて考えたこともなかった。そう思うと何故か無性におかしくなった。

「どうしたの？」と208が訊ねた。

「疲れたみたいだな。コーヒーでも飲まないか？」

二人は肯いて台所に行き、一人がカリカリと豆を碾き、一人が湯を沸かしてカップを温めた。僕たちは窓際の床に一列に並んで腰を下ろし、熱いコーヒーを飲んだ。

「上手く行かないの？」と209が訊ねた。

「らしいね」と僕は言った。

「弱ってるのよ」208。

「何が？」

「配電盤よ」

「お母さん犬」

僕は腹の底からため息をついた。「本当にそう思う？」

二人は肯いた。

「死にかけてるのよ」

「そう」

「どうすればいいと思う？」

二人は首を振った。

「わかんないわ」

僕は黙って煙草を吸った。「ゴルフ・コースを散歩しないか？　今日は日曜だからロスト・ボールも多いかもしれない」

僕たちは一時間ばかりバックギャモンをしてからゴルフ場の金網を乗り越え、誰も居なくなった夕暮のゴルフ・コースを歩いた。僕はミルドレッド・ベイリーの「イッツ・ソー・ピースフル・イン・ザ・カントリー」を口笛で二回吹いた。いい曲ね、と二人は賞めてくれた。でもロスト・ボールはひとつもみつからなかった。そんな日だってある。きっと東京中のシングル・プレイヤーが集ったのだろう。それともゴルフ場がロスト・ボール捜し専門のビーグル犬でも飼い始めたのかもしれない。僕たちは力を落として部屋に戻った。

4

無人灯台は何度も折れ曲がった長い突堤の先にぽつんと立っていた。高さは三メートルばかり、さして大きなものではない。海が汚れ始め、沿岸から魚がすっかり姿を消すまでは何隻かの漁船がこの灯台を利用した。港といったものがあったわけではない。浜辺にレールのような簡単な木の枠が組まれ、漁師がウィンチでロープを引いて漁船を浜に上げた。三軒ばかりの漁師の家が浜の近くにあり、防波堤の内側には朝のうちに獲れた細かい魚が木箱に詰められて干されていた。

魚が姿を消したことと、住宅都市に漁村があることが好ましくないという住民のとりとめのない要望と、彼らが浜辺に建てた小屋が市有地の不法占拠であったという三つの理由によって漁師たちはこの地を去っていた。一九六二年のことだ。彼らが何処に行ったのかは知るべくもない。三軒の小屋はあっさりと取り壊され、老朽化した漁船は使い途も捨て場もないままに浜辺の林の中で子供たちの遊び場となった。

漁船の消えた後、灯台を利用する船といえば沿岸をうろうろするヨットか、濃霧や台風を避けてやってくる港外停泊中の貨物船くらいのものとなった。それも、何かの役には立つかもしれないといった程度のものだ。

灯台はずんぐりと黒く、ちょうど鐘をすっぽりと伏せたような形をしている。考えごとをしている男の後姿のようでもある。日が沈み、薄い残照の中に青みが流れる頃、鐘の取手の部分にオレンジ色のライトが灯り、それがゆっくりとまわり始める。灯台はいつも夕闇のその正確なポイントを捉えた。見事な夕焼けの中でも、暗い霧雨の中でも、灯台の捉える瞬間は常に同じだった。光と闇が混じり合い、闇が光を越えようとするその一瞬だ。

少年時代、鼠は夕暮の中を、その瞬間を見るためだけに何度も浜辺に通ったものだった。波の高くない午後には、突堤の古びた敷石を数えながら灯台まで歩いた。意外なほど澄んだ海面から秋の初めの細い魚の群れをのぞくこともできた。彼らは何かを求めるように突堤のわきで幾度も輪を描いてから沖の方に去っていった。

やっと灯台にたどりつくと、突堤の先に腰を下ろし、ゆっくりとまわりを眺める。空には刷毛で引いたような細い雲が幾筋か流れ、見渡す限りのまったくの青に満ちていた。青は果てしなく深く、その深みは少年の足を思わず震わせた。それは畏れにも似た震えであった。潮の香りも風の色も、全てが驚くばかりに鮮明である。彼は時間をかけてまわりの風景に少しずつ心を馴染ませてから、ゆっくりと後を振り向く。そして今は深い海にすっかり隔てられてしまった彼自身の世界を眺めた。白い砂浜と防波堤、緑の松林が押し潰されたように低く広がり、その背後には青黒い山並みが空に向けてくっきりと立ち並んでいる。

左手の遠くには巨大な港があった。何本ものクレーン、浮ドック、箱のような倉庫、貨物船、高層ビル、そういったものが見渡せる。右手には内側に向って湾曲した海岸線に沿って、静かな住宅街やヨット・ハーバー、酒造会社の古い倉庫が続き、それが一区切りついたあたりからは工業地帯の球形のタンクや高い煙突が並び、その白い煙がぼんやりと空を被っていた。そしてそれが十歳の鼠にとっての世界の果てでもあった。

少年時代を通しての春から秋の初めにかけて、鼠は何度も灯台に通った。波の高い日にはしぶきが彼の足を洗い、風が頭上で唸り、苔のはえた敷石は何度となく彼の小さな足を滑らせた。それでも灯台への道は彼にとって何にも増して親しいものであった。突堤の先に座って波の音に耳を澄ませ、空の雲や小鰺《こあじ》の群れを眺め、ポケットに詰めた小石を沖に向って投げる。

夕闇が空を被い始める頃、彼は同じ道を辿って彼自身の世界へと戻っていった。そして帰り途、捉えどころのない哀しみがいつも彼の心を被った。行く手に待ち受けるその世界はあまりにも広く、そして強大であり、彼が潜り込むだけの余地など何処にもないように思えたからだ。

女の家は突堤の近くにあった。鼠はそこに通うたびに少年の頃の漠然とした思いや、夕暮の匂いを思い出すことができた。海岸通りに車を停め、砂地の上に並んだ防砂用のまばらな松林を抜ける。足の下で砂が乾いた音を立てる。

アパートは以前に漁師の小屋があったあたりに建っている。何メートルか穴を掘れば赤茶けた海水が出てくるような土地だ。アパートの前庭に植えられたかんなは踏みつけられでもしたようにぐったりとしている。女の部屋は二階にあり、風の強い日には細かい砂がバラバラと窓ガラスに当った。小綺麗な南向きのアパートだったが、そこには何処となく陰気な空気が漂っていた。海のせいよ、と彼女は言った。近すぎるのよ。潮の匂い、風、波の音、魚の匂い……、何もかもよ。

魚の匂いなんてしやしないさ、と鼠は言った。

するのよ、と彼女は言う。そして紐を引いて窓のブラインドをぱたんと閉める。あなただって住めばわかるわ。

砂が窓を打つ。

5

僕が学生の頃に住んでいたアパートでは誰も電話なんて持ってはいなかった。消しゴムひとつ持っていたかどうかだってあやしいものだ。管理人室の前に近くの小学校から払い下げられた低い机があり、その上にピンク電話がひとつ置かれていた。そしてそれがアパートの中に存在する唯一の電話だった。だから配電盤のことなんて誰ひとり気にも止めない。平和な時代の平和な世界だ。

管理人が管理人室にいたためしがなかったので、電話のベルが鳴るたびに住人の誰かが受話器を取り、相手を呼びに走った。もちろん気が向かない時には（とくに夜中の二時になんて）誰も電話には出ない。電話は死を予感した象のように何度か狂おしく鳴き叫び（32回というのが僕の数えた最高だ）、そして死んだ。死んだ、という言葉はまったくの文字どおりのものだった。ベルの最後の一音がアパートの長い廊下を突き抜けて夜の闇に吸い込まれると、突然の静寂があたりを被った。実に不気味な沈黙である。誰もが布団の中で息をひそめ、もう死んでしまった電話のことを思った。

真夜中の電話はいつも暗い電話だった。誰かが受話器を取り、そして小声で話し始める。

「もうその話は止そう……違うよ、そうじゃない……でもどうしようもないんだ、そうだろ？　……嘘じゃないさ。何故嘘なんてつく？　……いや、ただ疲れたんだ……もちろん悪いとは思うよ、……だからね、……わかった、わかったから少し考えさせてくれないか？　……電話じゃうまく言えないんだ……」

誰もがめいっぱいのトラブルを抱え込んでいるようだった。トラブルは雨のように空から降ってきたし、僕たちは夢中になってそれらを拾い集めてポケットに詰めこんだりもしていた。何故そんなことをしたのか今でもわからない。何か別のものと間違えていたのだろう。

電報も来た。夜中の四時頃にアパートの玄関にバイクが停まり、荒っぽい足音が廊下に鳴りわたる。そして誰かの部屋のドアがこぶしで叩かれた。その音はいつも僕に死神の到来を思わせた。どおん、どおん。何人もの人間が命を絶ち、頭を狂わせ、時の淀みに自らの心を埋め、あてのない思いに身を焦がし、それぞれに迷惑をかけあっていた。一九七〇年、そういった年だ。もし人間が本当に弁証法的に自らを高めるべく作られた生物であるとすれば、その年もやはり教訓の年であった。

僕は一階の管理人室の隣の部屋に住み、その髪の長い少女は二階の階段のわきに住んでいた。電話のかかってくる回数では彼女はアパート内のチャンピオンだったので、僕はつるつるとすべる十五段の階段を何千回となく往復する羽目になった。まったく、実に様々な電話が彼女にかかってきた。丁重な声があり、事務的な声があり、悲し気な声があり、傲慢な声があった。そしてそれぞれの声が僕に向って彼女の名を告げた。彼女の名前はすっかり忘れてしまった。悲しいほど平凡な名前、としか覚えていない。

彼女はいつも受話器に向って低い、疲れきった声でしゃべった。殆んど聞きとれないほどボソボソとした声だった。美しくはあるが、どちらかといえば陰気な感じのする顔立ちだった。時折道ですれちがうことはあったが、口をきいたことはない。まるで奥深いジャングルの小径を白象にまたがって進むような顔つきで彼女は歩いていた。

半年ばかり彼女はそのアパートに住んでいた。秋の初めから冬の終わりまでの半年だ。

僕が受話器を取って階段を上り、彼女の部屋のドアをノックして電話ですよ、と叫ぶと、少し間をおいてどうも、と彼女が言った。どうも、という以外の言葉を聞いたことがない。もっとも僕にしたところで電話ですよ、という以外の言葉を言ったこともない。

僕にとってもそれは孤独な季節であった。家に帰って服を脱ぐ度に、体中の骨が皮膚を突き破って飛び出してくるような気がしたものだ。僕の中に存在する得体の知れぬ力が間違った方向に進みつづけ、それが僕をどこか別の世界に連れこんでいくようにも思えた。

電話が鳴る、そしてこう思う。誰かが誰かに向けて何かを語ろうとしているのだ、と。僕自身に電話がかかってきたことは殆んどなかった。僕に向って何かを語ろうとする人間なんてもう誰ひとりいなかったし、少くとも僕が語ってほしいと思っていることを誰ひとりとして語ってはくれなかった。

多かれ少なかれ、誰もが自分のシステムに従って生き始めていた。それが僕のと違いすぎると腹が立つし、似すぎていると悲しくなる。それだけのことだ。

僕が最後に彼女への電話を受けたのはその冬の終りだった。三月の初め、晴れわたった土曜日の朝だ。朝といってももう十時ばかり、日の光は狭い部屋の隅々にまで透明な冬の明るさを投げていた。僕は頭の中でぼんやりとベルの音を聞きながら、ベッドのわきの窓から見えるキャベツ畑を見下ろしていた。黒い土の上には溶け残った雪が水たまりのようにところどころに白く光っていた。最後の寒波が残していった最後の雪だった。

ベルは十回ばかり鳴ってから誰も受話器を取らぬままに止んだ。そして五分後にもう一度鳴り始めた。僕はうんざりした気分でパジャマの上にカーディガンを羽織り、ドアを開けて電話を取った。

「……は居りますでしょうか？」と男の声がした。抑揚の少ない、把みどころのない声であった。僕は生返事をして階段をゆっくり上り、彼女のドアをノックした。

「電話ですよ」

「……どうも」

僕は部屋に戻り、ベッドの上にあお向けになったまま天井を眺めた。彼女が階段を下りる音がして、そしていつものボソボソとした話し声が聞こえた。彼女にしては実に短かい電話だった。十五秒くらいのものだろう。受話器を置く音が聞こえ、そして沈黙があたりを被った。足音も聞こえなかった。

しばらく間があって、ゆっくりとした足音が僕の部屋の方に近づき、そしてドアがノックされた。二回ずつ、間に深呼吸一回分の時間があいた。

ドアを開けると白い厚手のセーターとブルー・ジーン姿の彼女が立っていた。一瞬僕は自分が間違えて電話を取りついでしまったような気がしたが、彼女は何も言わなかった。胸の前にしっかりと腕を合わせ、小刻みに震えながら僕を眺めていた。まるで救命ボートの上から沈んで行く船を眺めるような目つきだった。いや、逆だったかもしれない。

「入っていい？　寒くって死にそうなのよ」

わけのわからぬままに僕は彼女を中に入れてドアを閉めた。彼女はガス・ストーブの前に座って両手をあぶりながら部屋を見回した。

「恐しく何もない部屋ね」

僕は肯いた。まるで何もない。窓際にベッドがひとつあるだけだった。シングル・ベッドにしては大きすぎるし、セミ・ダブルにしては小さすぎる。とにかく、そのベッドも僕が買ったものではなかった。友人がくれたのだ。たいして親しくもなかった僕に何故ベッドなんてくれたのか想像もつかない。殆んど口をきいたこともない相手だった。彼は地方の金持ちの息子だったが、大学の中庭で別のセクトの連中に殴られ、作業靴で顔を蹴り上げられ目を悪くして大学をやめた。僕が大学の診療所につれていくあいだ彼はずっとしゃくりあげていたので、僕はひどくうんざりした気持になった。何日かあとで、田舎に帰るよ、と彼は言った。そして僕にベッドをくれた。

「何か暖かいものを飲めるかしら？」と彼女は言った。僕は首を振って、何もない、と言った。コーヒーも紅茶も番茶も、やかんさえなかった。小さな鍋がひとつあるきりで、僕は毎朝それに湯をわかして髭を剃った。彼女はため息をついて立ち上がり、ちょっと待ってて、と言って部屋を出ると、五分後に段ボールの箱をひとつ両手に抱えて戻ってきた。箱の中にはティーバッグと緑茶が半年分ばかり、ビスケットが二袋、グラニュー糖、ポットと食器がひと通り、それにスヌーピーの漫画のついたタンブラーが二個入っていた。彼女はその段ボール箱をベッドの上にどさりと置き、ポットに湯を沸かした。

「いったいどうやって暮してるの？　まるでロビンソン・クルーソーじゃない？」

「それほど楽しくはないよ」

「でしょうね」

僕たちは黙って熱い紅茶を飲んだ。

「これ全部あなたにあげる」

僕は驚いて紅茶にむせた。「何故くれる？」

「何度も電話を取り次いでもらったもの。御礼よ」

「君だって必要なはずだよ」

彼女は首を何度か横に振った。「明日引越すのよ。だからもう何も要らないの」

僕は黙って事の成り行きを考えてみたが、彼女に何が起ったのか想像もつかなかった。

「良い話？　それとも悪い話？」

「あまり良くはないわね。だって大学やめて故郷《くに》に帰るんだもの」

部屋いっぱいに差した冬の日差しが曇り、そしてまた明るくなった。

「でも話なんて聞きたくないでしょ？　私だったら聞かないわ。嫌な思いを残した人の食器なんて使いたくないもの」


翌日は朝から冷たい雨が降っていた。細かい雨だったがそれは僕のレインコートを抜けて、セーターを濡らした。僕の持った大型のトランクも、彼女の持ったスーツケースとショルダー・バッグも何もかもが黒く濡れていた。タクシーの運転手は、ねえ、荷物をシートに置かないで下さいよ、と不機嫌そうに言った。車内の空気はヒーターと煙草でムッとして、カー・ラジオは古い艶歌をがなり立てていた。はね上げ式の方向指示器くらい古くさい歌だった。葉を落とした雑木林はまるで海底のサンゴのように道の両脇に湿った枝を広げていた。

「初めて見た時から東京の景色って好きになれなかったわ」

「そう？」

「土は黒すぎるし、川は汚ないし、山もないし……。あなたは？」

「景色なんて気にしたこともなかったな」

彼女はためいきをついて笑った。「あなたならきっとうまく生き残れるわ」

駅のフォームに荷物を置いたところで、彼女は僕に向っていろいろありがとう、と言った。

「あとは一人で帰れるわ」

「何処まで帰る？」

「ずっと北の方よ」

「寒いだろうね」

「大丈夫よ、慣れてるもの」

電車が動き出すと彼女は窓から手を振った。僕も耳のあたりまで手を上げたが電車が消えてしまってから手のやり場に困ってそのままレインコートのポケットにつっこんだ。

雨は日が暮れても降り続けていた。近所の酒屋でビールを二本買って、彼女にもらったグラスに注いで飲んだ。体の芯までが凍りついてしまいそうだった。そのグラスにはスヌーピーとウッドストックが犬小屋の上で楽しそうに遊んでいる漫画が描かれ、その上にはこんな吹き出し文字があった。

「幸せとは暖かい仲間」

双子がぐっすりと眠った後で僕は目覚めた。午前三時。不自然なほど明るい秋の月が便所の窓から見えた。台所の流しの端に腰をかけ水道の水を二杯飲み、ガステーブルで煙草に火を点ける。月明かりに照らし出されたゴルフ場の芝では何千匹という秋の虫が折り重なるように鳴き続けている。

僕は流しのわきに立てかけられた配電盤を手に取り、しげしげと眺めてみた。どれだけひっくり返してみても、それはただの薄汚れた意味のないボードにすぎなかった。僕はあきらめてそれをもとの場所に戻して手についた埃を払い、煙草の煙を吸いこんだ。月の光の下では何もかもが青ざめて見える。どんなものにも価値も意味も方向もないように思える。影さえもが不確かだ。僕は煙草を流しにつっこみ、すぐに二本目に火を点ける。

何処まで行けば僕は僕自身の場所をみつけることができるのか？　例えば何処だ？　複座の雷撃機というのが僕が長い時間かけて思いついた唯一の場所だった。でもそれは馬鹿気ていた。だいいち雷撃機なんて三十年も昔に時代遅れになっちまった代物じゃないか。

僕はベッドに戻り、双子の間にもぐり込んだ。双子はそれぞれに体を折り曲げ、ベッドの外側に頭を向けて寝息を立てていた。僕は毛布をかぶり天井を眺める。

6

女が浴室のドアを閉める。それからシャワーの音が聞こえた。

鼠はシーツの上に起き上がり、うまく気持の収拾のつかぬままに煙草を口にくわえ、ライターを捜した。テーブルの上にもズボンのポケットにもなかった。マッチの一本さえない。女のバッグの中にもそれらしきものはなかった。仕方なく部屋の灯りを点け、机の引出しを片端から捜して、何処かのレストランの名前が入った古い紙マッチをみつけだして火を点けた。

窓際の籐椅子の上には彼女のストッキングと下着がきちんと重ねられ、その背中には仕立ての良いからし色のワンピースがかけられている。ベッドのわきのテーブルには新しくはないがよく手入れされたバガジェリーのショルダー・バッグと小さな腕時計が並べられていた。

鼠は向いの籐椅子に腰を下ろし、煙草をくわえたままぼんやりと窓の外を眺めた。

山の中腹に立つ彼のアパートからは闇の中に雑然とばらまかれた人々の営みをくっきりと見下ろすことができた。時折鼠は両手を腰にやり、まるでダウンヒルのコースに立ったゴルファーのように、何時間も意識を集中してそんな風景を眺めることがあった。斜面はまばらな人家の灯を集めながら、足下をゆっくりと下っていた。暗い林があり、小さな丘があり、処どころに白い水銀灯の光が個人用のプールの水面を照らし出している。斜面がやっと傾斜を弱めるあたりに、まるで地表に結ばれた光の帯のように高速道路が蛇行し、そこを越えた海までの一キロばかりを平板な街並みが占めていた。そして暗い海、海と空の闇は区切りようもないばかりに溶け合い、その闇の中に灯台のオレンジ色の光が浮かび、そして消えた。そしてはっきりと区切られたそれらの断層の間を暗いフェアウェイが一筋貫いている。

川だ。

鼠が初めて彼女に会ったのは空がまだ僅かに夏の輝かしさをとどめている九月の初めだった。

鼠は新聞の地方版に毎週掲載される不要物売買コーナーで、ベビー・サークルやリンガフォンや子供用自転車の間に電動タイプライターをみつけた。電話には女が出て事務的な声で一年使用、保証があと一年、月賦は駄目、取りにきて頂ける方なら、と言った。商談は成立し、鼠は車で女のアパートに出かけて金を払い、タイプライターを受け取った。夏の間にちょっとした仕事で稼いだのと殆んど同じ額の値段だった。

ほっそりとした小柄な女で、ノースリーヴの小綺麗なワンピースを着ていた。玄関には様々な色と形の観葉植物の鉢がずらりと並んでいる。整った顔立ちで、髪は後で束ねている。年齢は見当もつかなかった。二十二から二十八までのどれと言われても肯くほかない。

三日後に電話があり、タイプライターのリボンが半ダースばかりあるからよかったらどうぞ、と女が言った。鼠はそれを取りに行ったついでに彼女をジェイズ・バーに誘い、リボンの礼に何杯かのカクテルをごちそうした。それほどの話が進んだわけでもない。

三度目に出会ったのはその四日後で、場所は市内にある室内プールだった。鼠は彼女を車でアパートまで送り、そして寝た。何故そんな風になってしまったのかは鼠にもわからなかった。どちらが誘ったのかさえ覚えてはいない。空気の流れのようなものだったのだろう。

何日か経った後で、彼女との関わりは日常生活の中に打ちこまれた柔らかなくさびのように鼠の中にその存在感を膨らませていった。ほんの少しずつ、何かが鼠を突いた。彼の体にしがみつく女の細い腕を思い出すたびに、鼠の心の中に長い間忘れていた優しさのようなものが広がっていくのが感じられた。

確かに彼女は彼女なりの小さな世界で、ある種の完璧さを打ち立てようと努力しているように見受けられた。そしてそういった努力が並大抵のものではないことも鼠は承知していた。いつも目立ちこそしないが趣味の良いワンピースを着て、こざっぱりとした下着をつけ、体には朝のブドウ園のような香りのするオーデコロンをつけ、注意深く言葉を選んでしゃべり、余計な質問をせず、鏡に向かって何度も練習を積んだような微笑み方をした。そしてそのどれもが鼠の心をほんの少しばかり悲しくさせる。何度か会った後で、鼠は彼女の歳を二十七と踏んだ。そしてそれは一歳の狂いもなく当たっていた。

乳房は小さく、余分な肉のない細い体は綺麗に日焼けしていたが、それは本当は日焼けなんてしたくはなかったんだけど、といった焼け方だった。尖った頬骨と薄い唇は育ちの良さと芯の強さを感じさせたが、全体を揺れ動くちょっとした表情の変化はその奥にある無防備なばかりのナイーヴさを示していた。

美術大学の建築科を出て設計事務所で働いている、と彼女は言った。生まれ？　ここじゃないわ。大学を出てからここに来たのよ。週に一度プールで泳ぎ、日曜の夜には電車に乗ってヴィオラの練習に通っていた。

週に一度、土曜の夜、二人は会った。そして日曜日には鼠は漠然とした気持で一日を過ごし、彼女はモーツァルトを弾いた。

7

三日ばかり風邪で休んだおかげで仕事は山のようにたまっていた。口の中はザラザラするし、体じゅうに紙やすりをかけられたような気分だ。パンフレットや書類や小冊子や雑誌が僕の机のまわりに蟻塚のように積み上げられていた。共同経営者がやってきて、僕に向ってもごもごと見舞いらしきことを言ってから自分の部屋に戻っていった。事務の女の子はいつものように熱いコーヒーとロールパンを二個机の上に置くと姿を消した。煙草を買い忘れたので共同経営者からセブンスターを一箱もらい、フィルターをちぎりとって反対側に火を点けて吸った。空はぼんやりと曇り、どこまでが空気でどこからが雲なのか見分けもつかない。あたりにはまるで湿った落ち葉をむりやり焚きつけたような匂いがする。あるいはそれも熱のせいかもしれない。

僕は深呼吸してから一番手前の蟻塚を崩しにかかった。全部に「至急」というゴム印が押され、その下には赤いフェルト・ペンで期限が書きこまれていた。幸いなことに「至急」蟻塚はそれひとつきりだった。そしてもっと幸いなことには二、三日中にというものもない。一週間から二週間といった期限のものばかりで、半分を下訳に回せばうまくかたは付きそうだった。僕は一冊ずつを手に取り、片付ける順序に本を積み変えてみた。おかげで蟻塚は前よりずっと不安定な形になった。新聞の一面に載っている性別年齢別の内閣支持率のグラフのような形である。そして形だけでなく、その内容たるや実に心躍るとりあわせだった。

①チャールズ・ランキン著

●「科学質問箱―動物編

●P68「猫は何故顔を洗うか」からP89「熊が魚を取る方法」まで

●十月十二日までに完了のこと、

②米国看護協会編

●「致死病者との対話」

●全16ページ

●十月十九日までに完了のこと、

③フランク・デシート・ジュニア著

●「作家の病跡」第三章「花粉病をめぐる作家たち」
●全23ページ
●十月二十三日までに完了のこと、

④ルネ・クレール作
●「イタリアの麦わら帽」（英語版・シナリオ）
●全39ページ
●十月二十六日までに完了のこと。

注文主の名前が書かれていないのがまったく残念でならなかった。誰がどのような理由で、このような文書の翻訳を（それも至急に）望んでいるのか見当もつかなかったからだ。おそらくは熊が川の前にたたずんで僕の翻訳を心待ちにしているのかもしれない。あるいは致死病者を前にした看護婦が一言も口をきけぬまま待ち続けているのかもしれない。

僕は片手で顔を洗っている猫の写真を机の上に放り出したままコーヒーを飲み、紙ねんどのような味のするロールパンを一個だけ食べた。頭は幾分すっきりし始めていたが、手足の先にはまだ熱のしびれが残っていた。僕は机の引き出しから登山ナイフを取り出し、長い時間をかけてFの鉛筆を六本丁寧に削り、それからおもむろに仕事に取り組んだ。

カセット・テープで古いスタン・ゲッツを聴きながら昼まで働いた。スタン・ゲッツ、アル・ヘイグ、ジミー・レイニー、テディ・コティック、タイニー・カーン、最高のバンドだ。「ジャンピング・ウィズ・シンフォニー・シッド」のゲッツのソロをテープにあわせて全部口笛で吹いてしまうと気分はずっと良くなった。

昼休みにはビルを出て五分ばかり坂道を下り、混み合ったレストランで魚のフライを食べ、ハンバーガー・スタンドでオレンジ・ジュースを二杯たてつづけに飲んだ。それからペット・ショップに寄り、ガラスのすきまから指をつっこんでアビシニア猫と十分ばかり遊んだ。いつもどおりの昼休みである。

部屋に戻り時計が一時を指すまでぼんやりと朝刊を眺めた。そして午後のためにもう一度六本の鉛筆を削りなおし、セブンスターの残りのフィルターを全部ちぎり取って机の上に並べた。女の子が熱い日本茶を運んできてくれた。

「気分は？」

「悪くないよ」

「仕事の具合は？」

「上々さ」

空はまだどんよりと曇っていた。午前中よりそのグレーの色は少しばかり濃くなったようにも思える。窓から首を突き出すと微かな雨の予感がする。何羽かの秋の鳥が空を横切っていった。ブーンという都会特有の鈍い唸り（地下鉄の列車、ハンバーガーを焼く音、高架道路の車の音、自動ドアが開いたり閉まったりする音、そんな無数の音の組み合わせだ）が辺りを被っていた。

僕は窓を閉め、カセット・テープでチャーリー・パーカーの「ジャスト・フレンズ」を聴きながら、「渡り鳥はいつ眠る？」という項を訳し始めた。

四時に仕事を終え、一日分の原稿を女の子に渡して事務所を出る。傘を持つかわりに置き放しにしておいた薄いレインコートを着ていくことにした。駅で夕刊を買い、混んだ電車に一時間ばかり揺られる。電車の中にまで雨の匂いがしたが、雨はまだ一粒も降ってはいなかった。

駅前のスーパーマーケットで夕食の買物を済ませる頃になってやっと雨が降り始めた。目に見えぬほどの細かな雨だったが、足もとの舗道は少しずつ雨の灰色に変りつつあった。僕はバスの時刻を確かめてから近くの喫茶店に入り、コーヒーを飲んだ。喫茶店は混みあっていて、そこには今度こそ本物の雨の匂いがした。ウェイトレスのブラウスにも、コーヒーにも雨の匂いがした。

バス・ターミナルを取り囲む街灯が夕暮の中にポツリポツリと灯り始め、その間を何台ものバスがまるで渓流を上下する巨大な鱒のように往き来した。バスにはサラリーマンや学生や主婦がいっぱいに乗りこみ、それぞれの薄闇の中に消えていった。黒々としたドイツ・シェパードをひきずった中年の女が窓の外を横切っていった。何人かの小学生がゴムボールをポンポンと地面につきながら歩いていく。僕は五本目の煙草を消して、冷えたコーヒーの最後の一口を飲んだ。

そしてガラス窓に映った僕の顔をじっと眺めてみた。熱のために目が幾らかくぼんでいる。まあいい。午後五時半の髭が顔をうす暗くしている。これもまあ良かろう。でもそれはまったく僕の顔には見えなかった。通勤電車の向いの席にたまたま座った二十四歳の男の顔だった。僕の顔も僕の心も、誰にとっても意味のない亡骸にすぎなかった。僕の心と誰かの心がすれ違う。やあ、と僕は言う。やあ、と向うも答える。それだけだ。誰も手を上げない。誰も二度と振り返らない。

もし僕が両耳の穴にくちなしの花をさして、両手の指に水かきをつけていたとしたら何人かは振り返るかもしれない。でもそれだけだ。三歩ばかり歩けばみんな忘れてしまう。彼らの目は何も見てなんかいないのだ。そして僕の目も。僕は空っぽになってしまったような気がした。もう誰にも何も与えることはできないのかもしれない。

双子は僕を待っていた。

僕はスーパーマーケットの茶色い紙袋をどちらかの一方に手渡し、火のついた煙草をくわえたままシャワーに入った。そして石鹸もつけずにシャワーに打たれながら、ぼんやりとタイル張りの壁を眺めた。電灯が切れたままの暗い浴室の壁を何かが彷徨い、そして消えた。僕にはもう触れることも呼び戻すこともできぬ影だった。

僕はそのまま浴室を出てタオルで体を拭き、ベッドに寝転んだ。洗って干したばかりのコーラル・ブルーのしわひとつないシーツだった。僕は天井に向けて煙草を吸いながら、一日の出来事を頭に思い浮かべた。双子たちはそのあいだ野菜を切り肉を炒め米を炊いた。

「ビール飲む?」と一人が僕に訊ねた。

「ああ」

208、というシャツを着た方がベッドまでビールとグラスを運んでくれた。

「音楽は?」

「あればいいな」

彼女はレコード棚からヘンデルの「レコーダー・ソナタ」をひっぱり出してプレイヤーに載せ、針を下ろした。何年も昔のバレンタイン・デーに僕のガール・フレンドがプレゼントしてくれたレコードだ。レコーダーとヴィオラとチェンバロのあいだに通奏低音のように肉を炒める音が入っていた。僕と僕のガール・フレンドはこのレコードをかけっぱなしにしたまま何度もセックスしたものだ。レコードが終り、針がパチパチと音を立てて回りつづけるまで、僕たちは何も言わずにずっと抱き合っていた。

窓の外では雨が音もなく暗いゴルフ場に降り注いでいる。僕がビールを飲み終え、ハンス＝マルティン・リンデがへ長調のソナタの最後の一音を吹き終える頃に食事の仕度が出来上がった。僕たち三人はその日の夕食では珍しく無口だった。レコードはもう終っていたので、部屋にはひさしに落ちる雨の音と三人が肉を嚙む音の他には何もなかった。食事が終わると双子は食器を片付け、二人で台所に立ってコーヒーを入れた。そしてまた三人で熱いコーヒーを飲んだ。生命を与えられたように香ばしいコーヒーだった。一人が席を立ってレコードをかけた。ビートルズの「ラバー・ソウル」だった。

「こんなレコード買った覚えないぜ」僕は驚いて叫んだ。

「私たちが買ったの」

「もらったお金を少しずつ貯めたのよ」

僕は首を振った。

「ビートルズは嫌い？」

僕は黙っていた。

「残念ね。喜んでくれると思ったの」

「ごめんなさい」

一人が立ち上がってレコードを止め、大事そうに埃を落としてからジャケットにしまいこんだ。三人は黙り込んだ。僕はため息をついた。

「そんなつもりじゃなかったんだ」と僕は言い訳した。「少し疲れて苛々してただけさ。もう一度聴こう」

二人は顔を見合わせてニッコリ笑った。

「遠慮なんかしなくていいのよ。ここはあなたのお家なんだもの」

「私たちのことなんて気にしないで」

「もう一度聴こう」

結局僕たちは「ラバー・ソウル」の両面を聴きながらコーヒーを飲んだ。僕は幾らか安らかな気持になることができた。双子も嬉しそうだった。

コーヒーを飲み終えると双子は僕の体温を計った。二人で体温計を何度もにらんだ。三十七度五分、朝より五分ばかり上がっている。頭はぼんやりとしていた。

「シャワーなんて入るからよ」

「寝た方がいいわ」

そのとおりだった。僕は服を脱ぎ、「純粋理性批判」と煙草を一箱持ってベッドにもぐり込んだ。毛布には僅かに太陽の匂いがしたし、カントは相変らず立派だったが、煙草は湿った新聞紙を丸めてガスバーナーで火をつけたような味がした。僕は本を閉じ、双子の声をぼんやりと聞きながら、暗闇にひきずり込まれるように目を閉じた。

8

霊園は山頂に近いゆったりとした台地を利用して広がっている。細かい砂利を敷きつめた歩道が縦横に墓の間をめぐり、刈りこまれたつつじが草をはむ羊のような姿でところどころに散らばっていた。そしてその広大な敷地を見下してぜんまいのように曲った背の高い水銀灯が何本も立ち並び、不自然なほど白い光を隅々にまで投げかけていた。

鼠は霊園の南東の隅にある林の中に車を停め、女の肩を抱きながら眼下に広がる街の夜景を見下ろしていた。街はまるで平板な鋳型に流し込まれたどろどろした光のように見える。あるいは巨大な蛾が金粉を撒きちらした後のようにも見える。

女は眠るように目を閉じ鼠にもたれかかっていた。鼠は肩から脇腹にかけて、彼女の体の重みをずっしりと感じる。それは不思議な重みだった。男を愛し、子供を産み、年老いて死んでいく一個の存在の持つ重みであった。鼠は片手で煙草の箱を取り、火を点けた。時折海からの風が眼下の斜面を上り、松林の針の葉を揺らせる。女は本当に眠ったのかもしれない。鼠は女の頰に手をあて、一本の指で薄い彼女の唇に触れた。そして湿っぽく熱い彼女の息を感じる。

霊園は墓地というよりは、まるで見捨てられた町のように見える。敷地の半分以上は空地だった。そこに収まる予定の人々はまだ生きていたからだ。彼らは時折、日曜の午後に家族を連れて自分の眠る場所を確かめにやってきた。そして高台から墓地を眺め、うん、これなら見晴しも良い、季節の花々も揃っている、空気だっていい、芝生もよく手入れされてる、スプリンクラーまである、供え物を狙う野良犬もいない。それに、と彼らは思う、なにより明るくて健康的なのがいい、と。そんな具合に彼らは満足し、ベンチで弁当を食べ、またあわただしい日々の営みの中に戻っていった。

朝と夕には管理人が先端に平らな板を取りつけた長い棒で砂利道を掃きならした。そして中央の池の鯉を狙ってやってきた子供たちを追い返した。おまけに一日に三度、九時と十二時と六時には園内のスピーカーで「オールド・ブラック・ジョー」のオルゴールを流した。音楽を流すことにどんな意味があるのか鼠にはわからなかった。もっとも暮れ始めた午後六時の無人の墓場に「オールド・ブラック・ジョー」のメロディーが流れる光景はちょっとした見ものだった。

六時半に管理人はバスで下界に戻り、そして墓場は完全な沈黙に被われた。そして何組かの男女が車でやってきては抱き合った。夏になると林の中には何台ものそういった車が並んだ。

霊園は鼠の青春にとってもやはり意味深い場所だった。まだ車には乗れない高校生の頃、鼠は250ccのバイクの背中に女の子を乗せ、川沿いの坂道を何度も往復したものだ。そしていつも同じ街の灯を眺めながら彼女たちを抱いた。様々な香りが鼠の鼻先を緩やかに漂い、そして消えていった。様々な夢があり、様々な哀しみがあり、様々な約束があった。結局はみんな消えてしまった。

振り返れば死は広大な敷地のそれぞれの地面に根を下ろしていた。時折鼠は女の子の手を取り、そのとりすました霊園の砂利道をあてもなく歩いてみた。それぞれの名前と時と、そしてそれぞれの過去の生を背負った死は、まるで植物園のかん木の列のように、等間隔を取ってどこまでも続いていた。彼らには風に揺れるざわめきもなく、香りもなく、闇に向ってさしのべるべき触手もなかった。彼らは時を失った樹木のように見えた。彼らは想いも、そしてそれを運ぶ言葉をも持たなかった。彼らは生きつづけるものたちにそれを委ねた。二人は林に戻り、強く抱き合った。海からの潮風、木々の葉の香り、叢のコオロギ、そういった生きつづける世界の哀しみだけがあたりに充ちていた。


「長く眠った？」と女が訊ねる。

「いや」と鼠は言う。「たいした時間じゃない」

9

同じ一日の同じ繰り返しだった。どこかに折り返しでもつけておかなければ間違えてしまいそうなほどの一日だ。

その日はずっと秋の匂いがした。いつもどおりの時刻に仕事を終え、アパートに帰ると双子の姿はなかった。僕は靴下をはいたままベッドに寝転び、ぼんやりと煙草を吸った。いろんなことを考えてみようとしたが、頭の中で何ひとつ形をなさなかった。僕はため息をついてベッドに起き上がり、しばらく向い側の白い壁を睨んだ。何をしていいのか見当もつかない。いつまでも壁を睨んでるわけにもいくまい、と自分に言いきかせる。それでも駄目だった。卒論の指導教授がうまいことを言う。文章はいい、論旨も明確だ、だがテーマがない、と。実にそんな具合だった。久し振りに一人になってみると、自分自身をどう扱えばいいのかが上手く把めなかった。

不思議なことだ。何年も何年も僕は一人で生きてきた。結構上手くやってきたじゃないか、それが思い出せなかった。二十四年間、すぐに忘れてしまえるほど短かい年月じゃない。まるで捜し物の最中に、何を捜していたのかを忘れてしまったような気分だった。いったい何を捜していたのだろう？　栓抜き、古い手紙、領収書、耳かき？

あきらめて枕もとのカントを手に取った時、本のあいだからメモ用紙がこぼれた。双子の字だった。ゴルフ場に遊びに行きます、と書いてあった。僕は心配になった。僕と一緒でなければゴルフ・コースに入らないように、と言いきかせてあったからだ。事情を知らないものには夕暮のゴルフ・コースは危い。何時ボールが飛んでくるかもしれないからだ。

僕はテニス・シューズをはき、トレーナー・シャツを首に巻いてアパートを出ると、ゴルフ場の金網を乗り越えた。なだらかな起伏を越え、十二番ホールを越え、休憩用のあずまやを越え、林を抜け、僕は歩いた。西の端に広がった林のすきまから芝生に夕陽がこぼれていた。十番ホールの近くにある鉄アレイのような形をしたバンカーの砂の上に双子の残していったらしいコーヒー・クリーム・ビスケットの空箱をみつけた。僕はそれを丸めてポケットに入れ、後ずさりしながら砂地についた三人分の足跡を消した。そして小川にかかった小さな木の橋をわたり、丘を上ったところで双子をみつけた。双子は丘の反対側の斜面につけられた露天のエスカレーターの中段あたりに並んで座り、バックギャモンで遊んでいた。

「二人だけで来ちゃ危いって言ったろ?」

「夕焼けがとても綺麗だったの」と一人が言い訳した。

僕たちはエスカレーターを歩いて下り、すすきが一面に生えた草地に腰を下ろしてくっきりとした夕焼けを眺めた。確かに素敵な眺めだった。

「バンカーにゴミを捨てちゃ駄目だよ」と僕は言った。

「ごめんなさい」と二人が言った。

「昔ね、砂場で怪我をしたことがあるんだ。小学生の頃さ」僕は左手の人さし指の先を二人に見せた。白い糸屑のような細い傷跡が七ミリばかり残っていた。「誰かが割れたサイダーの瓶を埋めておいたんだよ」

二人は肯いた。

「もちろんビスケットの空箱で手を切る人は居ない。でもね、砂場に何かを残しちゃいけない。砂場は神聖で清潔なものなんだ」

「わかったわ」と一人が言った。

「気をつける」ともう一人が言った。「他に怪我したことある？」

「もちろんさ」僕は体じゅうの傷を二人に見せた。傷のカタログのようなもんだ。まず左目、これはサッカーの試合でボールがぶつかった。今でも網膜に傷がついてる。それから鼻のつけね、これもサッカーだ。ヘディングの時に相手の歯とぶつかっちまった。下唇も七針縫った。自転車から落ちたんだ。トラックをよけそこねてね。そして叩き折られた歯……。

僕たちは冷たい草の上に並んで寝転び、すすきの穂が風に揺れるサラサラという音を聴き続けた。

日がすっかり暮れてしまってから僕たちはアパートに戻り、食事をした。僕が風呂に入ってビールを一本飲み終える頃に三匹の鱒が焼き上げられた。そしてそのわきに缶詰のアスパラガスと巨大なクレソンが添えられた。鱒は懐しい味がした。夏の山道のような味だ。僕たちは時間をかけて鱒をきれいに食べ尽した。皿の上には鱒の白い骨と、鉛筆ほどもある巨大なクレソンの軸しか残らなかった。二人はすぐに食器を洗い、コーヒーをいれた。

「配電盤の話をしよう」と僕は言った。「どうも気にかかるんだ」

二人は肯いた。

「何故死にかけてるんだろう」

「いろんなものを吸い込みすぎたのね、きっと」

「パンクしちゃったのよ」

僕は左手にコーヒー・カップを持ち、右手に煙草を持ってしばらく考え込んだ。

「どうすればいいと思う?」

二人は顔を見合わせて首を振った。「もうどうしようもないのよ」

「土に還るのよ」

「敗血症の猫を見たことある?」

「いや」と僕は言った。

「体の隅々から石のように固くなりはじめるの。長い時間かけてね。最後に心臓が停まるの」

僕はため息をついた。「死なせたくない」

「気持はわかるわ」と一人が言った。「でもきっと、あなたには荷が重すぎたのよ」

それはまるで今年の冬は雪が少ないからスキーはあきらめなさい、とでも言う時のような実にあっさりとした言い方だった。僕はあきらめてコーヒーを飲んだ。

10

水曜日、夜の九時にベッドに入り、目が覚めたのは十一時だった。それからはどうしても眠れなかった。まるで二サイズばかり小さな帽子をかぶったように、何かが頭のまわりをしめつける。嫌な気分だった。鼠はあきらめてパジャマのまま起き上がり、台所で氷水を一息に飲んだ。それから女のことを考える。窓際に立って灯台の灯りを眺め、暗い突堤を目で辿り、女のアパートのあたりを眺めた。暗い闇を打つ波の音を思い、アパートの窓に落ちかかる砂の音を思った。そしてどれだけ思いをめぐらせても一センチも前に進むことのできぬ自分にうんざりした。

女と会い始めてから、鼠の生活は限りない一週間の繰り返しに変っていた。日にちの感覚がまるでない。何月？　たぶん十月だろう。わからない……。土曜日に女と会い、日曜日から火曜日までの三日間その思い出に耽った。木曜と金曜、それに土曜の半日を来たるべき週末の計画にあてた。そして水曜日だけが行き場所を失い、宙に彷徨う。前に進むこともできず、後に退くこともできない。水曜日……。

十分ばかりぼんやりと煙草を吸ってからパジャマを脱ぎ、シャツの上にウィンドブレーカーを着こんで地下の駐車場に下りる。十二時をまわった街に人影は殆んどなかった。街灯だけが黒々とした舗道を照らしている。ジェイズ・バーのシャッターも既に下りていたが、鼠は半分ばかりそれを押し上げてくぐり、階段を下りた。

ジェイは洗ったタオルを一ダースほど椅子の背中に干しおわり、カウンターに一人で座って煙草を吸っているところだった。

「ビールを一本だけ飲んでいいかい?」

「いいとも」とジェイが機嫌良さそうに言った。

閉店後のジェイズ・バーに来たのはこれが初めてだった。カウンターだけを残して照明が消され、換気装置やエア・コンの音も消えている。長い年月をかけて床や壁に浸みこんだ匂いだけが微かに空気の中に漂っていた。

鼠はカウンターに入り、冷蔵庫からビールを取り出してグラスに注いだ。客席の空気は暗がりの中で幾つかの層にわかれたまま淀んでいるようだった。生温く、そして湿っぽい。

「今日は来ないつもりだったんだ」と鼠は言い訳した。「でも目が覚めちまってね、どうしてもビールが飲みたかったのさ。すぐに引き上げる」

ジェイはカウンターの上で新聞を畳み、ズボンに落とした煙草の灰を手で払った。「ゆっくり飲んでけばいいさ。腹が減ったんなら何か作ってあげるよ」

「いや、いいんだ。気にしないでくれ。ビールだけでいい」

ビールはひどくうまかった。グラス一杯を一息で飲み、ため息をつく。そして残りの半分をグラスに注ぎ、泡がおさまっていくのをじっと眺めた。

「よかったら一緒に飲まないか?」鼠はそう訊ねてみた。

ジェイは少し困ったように微笑んだ。「ありがとう。でも一滴も飲めないんだよ」

「知らなかったな」

「生まれつき体がそう出来てるんだね。受けつけないのさ」

鼠は何度か肯き、黙ってビールを飲んだ。そして自分がこの中国人のバーテンについて殆んど何も知らなかったことに改めて驚いた。もっともジェイについては誰も何も知らない。ジェイはおそろしく静かな男だった。自分のことは何ひとつしゃべらなかったし、誰かが質問しても注意深く引き出しを開けるようにいつもさしさわりのない答を出してくるだけだった。

ジェイが中国生まれの中国人であることは誰もが知っていたが、この街では外国人であることはたいして珍しいことではない。鼠の高校のサッカー・クラブにはフォワードとバックスに一人ずつ中国人が居た。誰も気になんて止めない。

「音楽がないと寂しいね」ジェイはそう言ってジュークボックスの鍵を鼠に投げた。鼠は五曲を選んでカウンターに戻り、ビールのつづきを飲んだ。スピーカーからウェイン・ニュートンの古いメロディーが流れ出す。

「家に早く帰らなくていいのかい？」鼠はジェイに向ってそう言った。

「構わないさ。誰が待ってるってわけでもないしね」

「一人暮し？」

「ああ」

鼠はポケットから煙草をひっぱり出し、しわを伸ばして火を点けた。

「猫が一匹だけいるよ」とジェイがぽつんと言った。「年とった猫でね、でもまあ話し相手にはなる」

「話すのかい？」

ジェイは何度か肯いた。「ああ、もう長いつきあいだから気心は知れてるんだ。あたしにも猫の気持はわかるし、猫にもあたしの気持はわかる」

鼠は煙草をくわえたまま唸った。ジュークボックスがカチリと音を立てて、レコードを「マッカーサー・パーク」にかえる。

「ねえ、猫はどんなことを考える？」

「いろいろさ。あたしやあんたと同じだよ」

「大変そうだな」鼠はそう言って笑った。

ジェイも笑った。そしてしばらく間をおいて、指先でカウンターの表面をこすった。

「片手なんだよ」

「片手？」鼠は訊き返す。

「猫のことさ。ビッコなんだよ。四年ばかり前の冬だったね、猫が血まみれになって家に戻ってきたんだ。手のひらがママレードみたいにぐしゃぐしゃに潰れてたよ」

鼠は手に持ったグラスをカウンターに置きジェイの顔を見た。「どうしたんだい？」

「わからないよ。車に轢かれたのかとも思った。でもね、それにしちゃひどすぎるんだ。タイヤに轢かれたぐらいじゃ、そんなにはならない。ちょうどね、万力にかけられたような具合だったね。まるっきりのペシャンコさ。誰かが悪戯したのかもしれない」

「まさか」鼠は信じられないように首を振った。「いったい誰が猫の手なんて……」

ジェイは両切の煙草の先を何度かカウンターで叩いてから、口にくわえて火を点けた。

「そうさ、猫の手を潰す必要なんて何処にもない。とてもおとなしい猫だし、悪いことなんて何もしやしないんだ。それに猫の手を潰したからって誰が得するわけでもない。無意味だし、ひどすぎる。でもね、世の中にはそんな風な理由もない悪意が山とあるんだよ。あたしにも理解できない、あんたにも理解できない。でもそれは確かに存在しているんだ。取り囲まれてるって言ったっていいかもしれないね」

鼠はビール・グラスに目をやったまま、もう一度首を振った。「俺にはどうもわからないよ」

「いいんだよ。わからないで済めば、それに越したことはないのさ」

ジェイはそう言うと、暗いガランとした客席に向けて煙草の煙を吹いた。そして白い煙が空中にすっかり消えてしまうのを見届けた。

二人は長いあいだ黙っていた。鼠はグラスを眺めてぼんやりと考え込み、ジェイは相変らずカウンターの板を指でこすりつづけた。ジュークボックスは最後のレコードを流し始める。ファルセット・ボイスの甘いソウル・バラードだった。

「ねえ、ジェイ」と鼠はグラスを眺めたまま言った。「俺は二十五年生きてきて、何ひとつ身につけなかったような気がするんだ」

ジェイはしばらく何も言わずに、自分の指先を見ていた。それから少し肩をすぼめた。

「あたしは四十五年かけてひとつのことしかわからなかったよ。こういうことさ。人はどんなことからでも努力さえすれば何かを学べるってね。どんなに月並みで平凡なことからでも必ず何かを学べる。どんな髭剃りにも哲学はあるってね、どこかで読んだよ。実際、そうしなければ誰も生き残ってなんかいけないのさ」

鼠は肯き、三センチばかりグラスの底に残っていたビールを飲み干した。レコードが終り、ジュークボックスがカタンと音を立て、そして店が静まり返る。

「あんたの言うことはわかりそうな気がするよ」でもね、と言いかけて鼠は言葉を飲みこんだ。口に出してみたところで、どうしようもないことだった。鼠は微笑んで立ち上がり、ごちそうさま、と言った。「家まで車で送ろう」

「いや、いいさ。家は近くだし、それに歩くのが好きなんだよ」

「それじゃおやすみ。猫によろしくね」

「ありがとう」

階段を上り外に出ると、冷ややかな秋の匂いがした。街路樹のひとつひとつを拳で軽く叩きながら鼠は駐車場まで歩き、パーキング・メーターを意味もなくじっと眺めてから車に乗り込んだ。少し迷ってから車を海に向けて走らせ、女のアパートが見える海岸沿いの道路に車を停めた。アパートの半分ばかりの窓にはまだ灯りがともっていた。幾つかのカーテン越しには人影も見える。

女の部屋は暗かった。ベッドサイドのランプも消えている。もう眠ったのだろう。ひどく寂しかった。

波の音は少しずつ強まっていくようだった。まるで波が今にも防波堤を越え、鼠を車ごと何処か遠くに押し流して行きそうにも思える。鼠はラジオのスイッチを入れ、意味もないディスク・ジョッキーのおしゃべりを聴きながらシートを倒し、頭の後で手を組んで目を閉じる。体はぐったりと疲れきっていたが、おかげで名付けようもない様々な感情は居場所のみつからぬままどこかに消えてしまったようだった。鼠はホッとしてからっぽの頭を横たえたまま、ぼんやり波の音に混じったディスク・ジョッキーを聴きつづけた。そして眠りがゆっくりとやってきた。

11

木曜日の朝、双子が僕を起した。いつもより十五分ばかり早かったが気にも止めず、熱い湯で髭を剃り、コーヒーを飲み、インクがべったり手に付きそうな朝刊を隅まで読んだ。

「お願いがあるの」と双子の一人が言った。

「日曜日に車を借りられるかしら？」ともう一人が言った。

「多分ね」と僕は言った。「でも何処に行きたいんだ？」

「貯水池」

「貯水池？」

二人は肯いた。

「貯水池に何しに行くんだ？」

「お葬式」

「誰の？」

「配電盤よ」

「なるほどね」と僕は言った。そして新聞の続きを読んだ。

日曜日はあいにく朝から細かい雨が降り続いていた。もっとも配電盤の葬式にとってどのような天候がふさわしいのか僕には知るべくもない。双子は雨について一言も触れなかったので僕も黙っていた。

　僕は土曜日の夜に共同経営者から空色のフォルクス・ワーゲンを借りた。女でもできたのか、と彼は訊ねた。ウム、と僕は言った。ワーゲンの後部座席には彼の息子がこすりつけたらしいミルク・チョコレートのしみが、まるで銃撃戦のあとの血痕のように一面にしみこんでいた。カー・ステレオ用のカセット・テープにはロクなものがなかったので、片道一時間半ほどの道のりを僕たちは音楽も聴かず、ただただ無言のうちに走りつづけた。雨は走るにつれて規則的に強くなり、弱くなり、そしてまた強くなり、弱くなった。あくびが出るような雨だった。舗装道路を高速ですれ違う車のシュウウ……という音だけが途切れもせずに同じ調子で続いていた。

　双子の一人は助手席に座り、もう一人はショッピング・バッグに入れた配電盤と魔法瓶を抱えたまま後部座席に座っていた。彼女たちは葬儀の日にふさわしく厳粛だった。そして僕もそれにならった。途中で休憩して焼とうもろこしを食べる時でさえ僕たちは厳粛だった。とうもろこしの粒が胴体を離れる時のポツポツという音だけが静寂を乱していた。僕たちは最後の一粒まで齧り取られた三本のとうもろこしをあとに残し、再び車を走らせた。

　ひどく犬の多い土地で、彼らはまるで水族館の鰤の群れのように雨の中をあてもなく歩きまわっていた。おかげで僕はひっきりなしにクラクションを鳴らさねばならなかった。

彼らは雨にも車にもまるで興味がない、という顔をしていた。そして大抵はクラクションの音に対して露骨に嫌な顔をしてみせたが、それでもうまく身をよけた。しかしもちろん雨から身をよけることはできない。犬たちはみんな尻の穴までぐしょ濡れになり、あるものはバルザックの小説に出てくるカワウソのように見え、あるものは考えごとをしている僧侶のように見えた。

双子の一人は僕に煙草をくわえさせ、それに火を点けてくれた。そして小さな手のひらを僕のコットン・パンツの内股にあて、何度も上下させた。それは僕を愛撫するためというよりは何かの確認のための行為のように思えた。

雨は永遠に降り続くかのようだった。十月の雨はいつもこんな風に降る。何もかもを濡らすまで、いつまでも降り続ける。地表はぐっしょりと濡れていた。木も高速道路も畑も車も家も犬も、全てがまんべんなく雨を吸いこみ、世界は救いがたい冷ややかさに充ちていた。

しばらく山道を上り、深い林のあいだの道を抜けると貯水池に出た。雨のおかげで辺りには人影ひとつなかった。雨は見渡す限りの貯水池の水面に降り注いでいる。貯水池が雨に打たれている光景は想像していたよりずっと悲惨なものだった。僕たちは池のわきに車を停め、車の中に座ったまま魔法瓶に入れたコーヒーを飲み、双子が買ってきたクッキーを食べた。クッキーにはコーヒーとバター・クリームとメイプル・シロップの三種類があったので、不公平にならぬように僕たちはきちんとそれを三つにわけて食べた。

そのあいだにも雨は休みなく貯水池の上に降り注いでいた。雨はひどく静かに降っていた。新聞紙を細かく引き裂いて厚いカーペットの上にまいたほどの音しかしなかった。クロード・ルルーシュの映画でよく降っている雨だ。

僕たちはクッキーを食べ、コーヒーを二杯ずつ飲み終えると、申し合わせたように膝をパタパタと払った。誰も一言も口をきかなかった。

「さあ、そろそろ済ませなきゃね」と双子の一人が言った。

もう一人が肯いた。

僕は煙草を消した。

僕たちは傘もささずに貯水池に向って張り出した行きどまりの橋の先まで歩いた。貯水池は川を堰止めて人工的に作られたものだった。水面は山の中腹を洗うようにして、不自然な形にカーブしている。水面の色から不気味なばかりの水の深さが感じられた。雨はそこに細かい波紋をたてて降り注いでいた。

双子の一人は紙袋から例の配電盤を取り出して僕に渡した。配電盤は雨の中ではいつもより余計にみすぼらしく見えた。

「何かお祈りの文句を言って」

「お祈り？」僕は驚いて叫んだ。

「お葬式だもの、お祈りは要るわ」

「気がつかなかった」と僕は言った。「実は手持ちのものがひとつもないんだ」

「なんだっていいの」

「形式だけよ」

僕は頭から爪先までぐっしょり雨に濡れながら適当な文句を捜した。双子は心配そうに僕と配電盤を交互に眺めた。

「哲学の義務は」と僕はカントを引用した。「誤解によって生じた幻想を除去することにある。……配電盤よ貯水池の底に安らかに眠れ」

「投げて」

「ん？」

「配電盤よ」

僕は右腕を思い切りバックスイングさせてから、配電盤を四十五度の角度で力いっぱい放り投げた。配電盤は雨の中を見事な弧を描いて飛び、水面を打った。そして波紋がゆっくりと広がり、僕たちの足もとにまでやってきた。

「素晴しいお祈りだったわ」

「あなたが作ったの？」

「もちろん」と僕は言った。

そして僕たち三人は犬のようにぐしょぬれになったまま、よりそって貯水池を眺めつづけた。

「どのくらい深いの？」と一人が訊ねた。

「おそろしく深い」と僕は答えた。

「魚はいるの？」ともう一人が訊ねた。

「どんな池にも必ず魚はいるさ」

遠くから眺めた僕たちの姿はきっと品の良い記念碑のように見えたことだろう。

12

その週の木曜日の朝、僕はその秋はじめてのセーターを着た。なんの変哲もないグレーのシェトランドのセーターで、わきの下は少しばかり綻びかけていたが、それでもいい気持だった。いつもより心持ち丁寧に髭を剃って厚めの綿のズボンをはき、色がすすけてしまったデザート・ブーツをひっぱり出してはいた。靴はまるで足もとでかしこまった二匹の仔犬のように見えた。双子が部屋中をかきまわして僕の煙草とライターと財布と定期券をみつけ出して持たせてくれた。

事務所の机に座り、女の子のいれてくれたコーヒーを飲みながら六本の鉛筆を削る。部屋中が鉛筆の芯とセーターの匂いでいっぱいになった。

昼休みには外で食事をし、再びアビシニア猫と遊ぶ。ショーケースのガラスの一センチほどの隙間から小指の先をさしこむと、二匹の猫は競ってジャンプし、僕の指に噛みついた。

その日はペット・ショップの店員が猫を抱かせてくれた。上質のカシミヤのような手触りで、猫は冷たい鼻先を僕の唇に押しつけてきた。

「とても人なつっこいんです」と店員が説明した。

僕は礼を言って猫をケースに戻し、使い途もないキャット・フードを一箱買った。店員はそれをきちんと包装してくれた。僕がキャット・フードの包みを抱えてペット・ショップを出る時も、二匹の猫は夢のかけらでも眺めるように僕の姿をじっと見つめていた。

事務所に戻ると女の子がセーターについた猫の毛を払ってくれた。

「猫と遊んでたんだ」と僕はそれとなく言い訳した。

「わきが綻びてるわ」

「知ってるよ。去年からなんだ。現金輸送車を襲う時にバックミラーでひっかけたんだ」

「脱いで」と彼女は面白くもなさそうに言った。

僕がセーターを脱ぐと、彼女は椅子の脇で長い足を組み、黒い糸でわきを縫い始めた。彼女がセーターを縫っている間に僕は机に戻り、午後の分の鉛筆を削ってから再び仕事に取りかかった。誰がなんと言おうと、僕は仕事に関しては文句のつけようのない人間だったと思う。決められた時間の中で決められただけの仕事をきちんと、それも可能な限り良心的にやるというのが僕のやり方だった。アウシュヴィッツでならきっと重宝がられたことだろう。問題は、と僕は思う、僕に合った場所が全て時代遅れになりつつあることだった。仕方のないことだと思う。なにもアウシュヴィッツや複座雷撃機に遡るまでもない。もう誰もミニ・スカートなんてはかないし、ジャンとディーンなんて聴かない。最後に靴下どめのついたガードルをはいた女の子を見たのはいつのことだったろう？

時計が三時をさし、女の子がいつものように熱い日本茶とクッキーを三個持って机にやってきた。セーターも見事に縫い上がっていた。

「ねえ、少し相談していいかしら？」

「どうぞ」と僕は言ってクッキーを食べた。

「十一月の旅行のことなんだけど」と彼女は言った。「北海道なんてどうかしら？」

十一月に僕たち三人はいつも社員旅行をすることにしていたのだ。

「悪くないな」と僕は言った。

「なら決めるわ。熊は出ない？」

「どうかな？」と僕は言った。「もう冬眠したと思うね」

彼女は安心したように肯いた。「ところで夕食につきあってくれない？　近くにおいしい海老料理の店があるの」

「いいとも」と僕は言った。

レストランは事務所からタクシーで五分ばかりの静かな住宅街のまん中にあり、僕たちが席につくと黒服のウェイターがやしの繊維で編んだカーペットの上を音もなくやってきて、水泳のビート板ほどもあるメニューを二枚置いていった。料理の前にビールを二本注文した。

「ここの海老はとてもおいしいのよ。生きたまま茹でるの」

僕はビールを飲みながら唸った。

彼女はしばらくのあいだ細い指で、首にかけた星型のペンダントをいじりまわしていた。

「言いたいことがあれば食事の前に言っちまった方がいい」と僕は言った。そして言ってしまってから言わなければよかったと後悔した。毎度のことだ。

彼女はほんの少し微笑んだ。そしてその四分の一センチほどの微笑みはもとに戻すのが面倒だからという理由だけでしばらくのあいだ口もとに留まっていた。店はひどく空いていたので、海老が髭を動かす音さえもが聞こえそうだった。

「今の仕事は好き？」と彼女が訊ねた。

「どうかな？　仕事に関してそんな風に考えたことは一度もないんだ。でも不満はないね」

「私だって不満はないわ」と彼女はそう言ってビールを一口飲んだ。「給料だって良いし、あなたたち二人とも親切な人だし、休暇だってきちんと取れるし……」

僕はじっと黙っていた。他人の話を真剣に聞くのは実に久し振りだった。

「でも私はまだ二十歳なのよ」と彼女は続けた。「こんな風にして終りたくなんかないのよ」

料理がテーブルに並べられる間、僕たちの会話は中断された。

「君はまだ若いんだ」と僕は言った。「これから恋愛だってするし、結婚もする。人生なんてどんどん変っていくさ」

「変りなんてしないわ」彼女はナイフとフォークで器用に海老の皮を剝きながらボソボソと言った。「誰も私のことなんて好きにならないわ。ロクでもないゴキブリ取りを組み立てたり、セーターを繕ったりして一生終るのよ」

僕はため息をついた。急に何歳も老けこんでしまったような気がした。

「君は可愛いし魅力的だし、足だって長いし頭だっていい。海老の皮だって上手く剝ける。きっと上手くいくさ」

彼女は黙りこくって海老を食べつづけた。僕も海老を食べた。そして海老を食べながら貯水池の底の配電盤を想った。

「あなたは二十歳の頃何をしてたの?」

「女の子に夢中だったよ」一九六九年、我らが年。

「彼女とはどうなったの?」

「別れたね」

「幸せだった?」

「遠くから見れば」と僕は海老を呑み込みながら言った。「大抵のものは綺麗に見える」

僕たちが料理を食べ終える頃、店は少しずつ客で埋まり始め、フォークやナイフや椅子のきしむ音が賑やかになっていった。僕はコーヒーを、彼女はコーヒーとレモンのスフレを注文した。

「今はどうなの？　恋人はいるの？」彼女が訊ねた。

僕はしばらく考えてから双子を除外することにした。「いや」と僕は言った。

「寂しくないの？」

「慣れたのさ。訓練でね」

「どんな訓練？」

僕は煙草に火を点けて、煙を彼女の五十センチばかり頭上に向けて吹いた。「僕は不思議な星の下に生まれたんだ。つまりね、欲しいと思ったものは何でも必ず手に入れてきた。でも、何かを手に入れるたびに別の何かを踏みつけてきた。わかるかい？」

「少しね」

「誰も信じないけどこれは本当なんだ。三年ばかり前にそれに気づいた。そしてこう思った。もう何も欲しがるまいってね」

彼女は首を振った。「それで、一生そんな風にやってくつもり？」

「おそらくね。誰にも迷惑をかけずに済む」

「本当にそう思うんなら」と彼女は言った。「靴箱の中で生きればいいわ」

素敵な意見だった。

僕たちは駅までの道を並んで歩いた。セーターのおかげで夜は心地良かった。

「オーケー、なんとかやってみるわ」と彼女は言った。

「あまり役にはたてなかったけどね」

「話せただけでホッとしたわ」

僕たちは同じフォームから逆向きの電車に乗った。

「本当に寂しくないの?」彼女は最後にもう一度そう訊ねた。僕がうまい答を捜しているあいだに電車がやってきた。

13

ある日、何かが僕たちの心を捉える。なんでもいい、些細なことだ。バラの蕾、失くした帽子、子供の頃に気に入っていたセーター、古いジーン・ピットニーのレコード……、もはやどこにも行き場所のないささやかなものたちの羅列だ。二日か三日ばかり、その何かは僕たちの心を彷徨い、そしてもとの場所に戻っていく。……暗闇。僕たちの心には幾つもの井戸が掘られている。そしてその井戸の上を鳥がよぎる。

その秋の日曜日の夕暮時に僕の心を捉えたのは実にピンボールだった。僕は双子と一緒にゴルフ・コースの八番ホールのグリーンの上で夕焼けを眺めていた。八番ホールはパー5のロングホールで障害物も坂もない。小学校の廊下みたいなフェアウェイがまっすぐに続いているだけだった。七番ホールでは近所に住む学生がフルートの練習をしていた。心が痛くなるような二オクターヴの音階練習をバックに夕陽が丘陵に半分ばかり身を埋めようとしていた。何故そんな瞬間にピンボール台が僕の心を捉えたのか、僕にはわからない。

そしてそればかりか時を追うごとにピンボールのイメージは僕の中でどんどん膨んでいった。目を閉じるとバンパーがボールを弾く音や、スコアが数字を叩き出す音が耳もとで鳴った。

一九七〇年、ちょうど僕と鼠がジェイズ・バーでビールを飲み続けていた頃、僕は決して熱心なピンボール・プレイヤーではなかった。ジェイズ・バーにあった台はその当時としては珍しい3《スリー》フリッパーの「スペースシップ」と呼ばれるモデルだった。フィールドが上部と下部にわかれ、上部に一枚、下部に二枚のフリッパーが付いている。ソリッドステートがピンボールの世界にインフレーションを持ち込む以前の、平和な良き時代のモデルだ。鼠がピンボールに狂っていた頃、92500という彼のベスト・スコアを記念すべく、鼠とピンボール台の記念写真を撮らされたことがある。鼠はピンボール台のわきにもたれかかってにっこりと笑い、ピンボール台も92500という数字をはじき出したままにっこりと笑っていた。それは僕がコダックのポケット・カメラで撮った唯一の心暖まる写真であった。鼠はまるで第二次大戦の撃墜王のように見えた。そしてピンボール台は古い戦闘機のように見えた。整備士がプロペラを手でまわし、飛び上がった後でパイロットが風防をパタンと閉めるような戦闘機だ。92500という数字が鼠とピンボール台を結びつけ、そこはかとない親密な雰囲気をかもしだしていた。

週に一度、ピンボール会社の集金人兼修理人がジェイズ・バーにやってきた。彼は三十ばかりの異様にやせた男で、殆んど誰とも口をきかなかった。店に入ってくるとジェイには目もくれずにピンボール台の下にあるふたを鍵で開け、小銭をザラザラとキャンバス地のずだ袋に流しこんだ。そしてその一枚を取ると、点検のために機械に放り込み、二、三度プランジャーのバネの具合を確かめてから面白くもなさそうにボールをはじいた。それからボールをバンパーに当ててマグネットの調子を点検し、全てのレーンを通過させ、全てのターゲットを落とした。ドロップ・ターゲット、キック・アウト・ホール、ロート・ターゲット……、最後にボーナス・ライトを点けてしまうとやれやれといった顔付きでボールをアウト・レーンに落としてゲームを終えた。そしてジェイにむかって何も問題はない、という具合に肯いて出ていった。煙草が半分燃え尽きるほどの時間しかかからなかった。

僕は煙草の灰を落とすのも忘れ、鼠はビールを飲むのも忘れ、二人はいつも啞然としてその華麗なテクニックを眺めたものだ。

「夢みたいだ」と鼠は言った。「あれだけのテクニックがあれば十五万は軽いね。いや二十万は行くかもしれない」

「プロだもの仕方ないさ」と僕は鼠を慰めた。それでもエース・パイロットの誇りは戻ってはこなかった。

「あれに比べれば、俺なんてまだ女の小指の先を握ったくらいのものさ」鼠はそういうと、黙り込んだ。そしてスコアボードの数字が六桁を越えていくあてもない夢をいつまでも見つづけていた。

「あれが仕事なんだぜ」と僕は説得を続けた。「始めのうちはそりゃ楽しかったかもしれない。でもね、朝から晩まであればかりやってみなよ、誰だってうんざりするさ」

「いや」と鼠は首を振った。「俺はしないね」

14

ジェイズ・バーは久し振りに客で込みあっていた。見覚えのない顔が殆んどだったがそれでも客は客というわけで、ジェイの機嫌は悪かろうはずもなかった。アイスピックが氷を砕く音、オン・ザ・ロックのグラスを回すカチカチという音、笑い声、ジュークボックスのジャクソン・ファイヴ、漫画の吹き出しのように天井に浮かんだ白い煙、まるで夏の盛りがもう一度巡ってきたような夜だった。

それでも鼠には、どうも何かが違っているように思える。彼はカウンターの端に一人でぽつんと座り、開きっぱなしになった本の同じページを何度も読み返してからあきらめて本を閉じた。できることならビールの最後の一口を飲み干し、部屋に帰って寝てしまいたかった。もし本当に眠れるものなら……。

その一週間ばかり、鼠はツキからもすっかり見放されていた。こま切れの睡眠とビールと煙草、天候までが崩れ始めていた。山肌を洗った雨水が川に流れ込み、そして海を茶色とグレーのまだらに変えた。嫌な眺めだった。頭の中はまるで古新聞を丸めて押し込んだような気がする。眠りは浅く、いつも短かかった。暖房がききすぎた歯医者の待合室のような眠りだった。誰かがドアを開ける度に目が覚める。時計を眺める。

週の半ばに鼠はウィスキーを一人で飲みながら、全ての思考をしばらく凍結させることに決めた。意識の隙間のひとつひとつに白熊でも歩いてわたれそうなほどの厚い氷をはりめぐらし、これで週の後半を乗り切れるだろうという見通しをつけて眠った。しかし目が覚めた時には何もかもがもとどおりだった。頭が少し痛んだだけだ。

鼠は目の前に並んだ六本のビールの空瓶をぼんやりと眺める。瓶のあいだからジェイの後姿が見える。

引退の潮時かもしれない、と鼠は思う。この店で初めてビールを飲んだのは十八の歳だ。何千本のビール、何千個のフライド・ポテト、ジュークボックスの何千枚のレコード。何もかもが、まるではしけに打ち寄せる波のようにやって来ては去っていった。俺はもう既に充分なだけのビールは飲んだじゃないか。もちろん三十になろうが四十になろうが幾らだってビールは飲める。でも、と彼は思う、でもここで飲むビールだけは別なんだ。……二十五歳、引退するには悪くない歳だ。気の利いた人間なら大学を出て銀行の貸付け係でもやっている歳だ。

鼠は空瓶の列にもう一本を加え、溢れそうになったグラスを一息で半分ばかり飲む。そして反射的に手の甲で口を拭う。そして湿った手をコットン・パンツの尻で拭った。

さあ考えろ、と鼠は自らに言いきかせる、逃げてないで考えろよ、二十五歳……、少しは考えてもいい歳だ。十二歳の男の子が二人寄った歳だぜ、お前にそれだけの値打があるかい？　ないね、一人分だってない。ピックルスの空瓶につめこまれた蟻の巣ほどの値打もない。……よせよ、下らないメタフォルはもう沢山だ。何の役にも立たない。考えろ、お前は何処かで間違ったんだ。思い出せよ。……わかるもんか。

鼠はあきらめて残りのビールを飲み干した。そして手を上げて新しい瓶を頼んだ。

「今日は飲みすぎるよ」とジェイが言った。それでも結局は八本めのビールが前に置かれた。

少しばかり頭が痛む。体がまるで波に揺られるように何度か上下する。目の奥にだるさを感じる。吐けよ、と頭の奥で声がした。吐いちまえ、それからゆっくりと考えるんだ。さあ、立って便所まで行け。……駄目だ。一塁までも歩けない。……それでも鼠は胸を張って便所まで歩き扉を開け、鏡に向かってアイラインを引きなおしていた若い女を追い出し、便器に向かってかがんだ。

吐くなんて何年振りかな？　吐き方まで忘れちまったよ。ズボンは脱ぐんだっけ？

……下らない冗談はよせ。黙って吐くんだ。胃液まで吐いちまえ。

胃液まで吐いてしまってから鼠は便器に腰を下ろし、煙草を吸った。そして石鹸で顔と手を洗い、鏡に向かって濡れた手で髪を整えた。少しばかり陰気すぎるが、鼻と顎の形はそれほど悪くはない。公立中学の女教師なら気に入ってくれるかもしれない。

便所を出るとアイラインを半分だけ引いた女の席に行って丁寧に詫びた。そしてカウンターに戻り、ビールをグラスに半分飲み、それからジェイにもらった氷水を一息で飲んだ。二、三度頭を振り、煙草に火を点けたところで頭の機能が正常に動き始めた。

さあ、もういいぜ、と鼠は口に出して言ってみた。夜は長い、ゆっくり考えろ。

15

僕が本当にピンボールの呪術の世界に入りこんだのは一九七〇年の冬のことだった。その半年ばかりを僕は暗い穴の中で過ごしたような気がする。草原のまん中に僕のサイズに合った穴を掘り、そこにすっぽりと身を埋め、そして全ての音に耳を塞いだ。何ひとつ僕の興味をひきはしなかった。そして夕方になると目を覚ましてコートを着こみ、ゲーム・センターの片隅で時を送った。

機械はやっとみつけた3《スリー》フリッパーの「スペースシップ」、ジェイズ・バーと全く同じモデルだった。硬貨を放り込みプレイ・ボタンを押すと機械は身振いでもするように一連の音を立てて十個のターゲットを上げ、ボーナス・ライトを消し、スコアを六個のゼロに戻し、レーンに最初のボールをはじきだした。限りのない硬貨が機械に放り込まれ、ちょうど一ヵ月後、冷たい雨が降りつづく初冬の夕方、僕のスコアは気球が最後の砂袋を投げ捨てるようにして六桁を越えた。

僕は震える指をフリッパー・ボタンからもぎ取るように放し、背の壁にもたれかかり、氷のように冷えた缶ビールを飲みながらスコアボードに表示されたままの105220という六個の数字を長い間じっと眺めていた。

僕とピンボール・マシーンの短かい蜜月はそのように始まった。大学には殆んど顔も出さず、アルバイトの給料の大半をピンボールに注ぎ込んだ。ハギング、パス、トラップ、ストップ・ショット……、大抵のテクニックに習熟した。そして僕がプレイする背後ではいつも誰かが見物するようになった。赤い口紅を塗った女子高校生が僕の腕に柔らかい乳房を押しつけたりもした。

スコアが十五万を越える頃に本当の冬がやってきた。僕は冷え切って人影もまばらなゲーム・センターで、ダッフル・コートにくるまり、マフラーを耳までひっぱりあげたままピンボール・マシーンを抱きつづけた。便所の鏡の中に時折見かける僕の顔はやせて骨ばり、皮膚はひどくカサカサと乾いていた。三ゲーム終えるごとに壁にもたれて休み、ガタガタと震えながらビールを飲んだ。ビールの最後の一口はいつも鉛のような味がした。そして煙草の吸殻を足もとにまきちらし、ポケットにつっこんだホット・ドッグをかじった。

彼女は素晴しかった。3《スリー》フリッパーの「スペースシップ」……、僕だけが彼女を理解し、彼女だけが僕を理解した。僕がプレイ・ボタンを押すたびに彼女は小気味の良い音を立ててボードに六個のゼロをはじき出し、それから僕に微笑みかけた。僕は一ミリの狂いもない位置にプランジャーを引き、キラキラと光る銀色のボールをレーンからフィールドにはじき出す。ボールが彼女のフィールドを駆けめぐるあいだ、僕の心はちょうど良質のハッシシを吸う時のようにどこまでも解き放たれた。

様々な想いが僕の頭に脈絡もなく浮かんでは消えていった。様々な人の姿がフィールドを被ったガラス板の上に浮かんでは消えた。ガラス板は夢を映し出す二重の鏡のように僕の心を映し、そしてバンパーやボーナス・ライトの光にあわせて点滅した。

あなたのせいじゃない、と彼女は言った。そして何度も首を振った。あなたは悪くなんかないのよ、精いっぱいやったじゃない。

違う、と僕は言う。左のフリッパー、タップ・トランスファー、九番ターゲット。違うんだ。僕は何ひとつ出来なかった。指一本動かせなかった。でも、やろうと思えばできたんだ。

人にできることはとても限られたことなのよ、と彼女は言う。

そうかもしれない、と僕は言う、でも何ひとつ終っちゃいない、いつまでもきっと同じなんだ。リターン・レーン、トラップ、キック・アウト・ホール、リバウンド、ハギング、六番ターゲット……ボーナス・ライト。１２１１５０、終ったのよ、何もかも、と彼女は言う。

年が明けた二月、彼女は消えた。ゲーム・センターはきれいに取り壊され、翌月にはそれはオールナイト営業のドーナツ・ショップにかわっていた。カーテン生地のような模様の制服を着た女の子がぱさぱさしたドーナツを同じ模様の皿にのせて運んでくるような店だ。表にバイクを並べた高校生や夜勤の運転手、季節はずれのヒッピーやバー勤めの女たちが一様にうんざりした顔つきでコーヒーを飲んでいた。僕はおそろしく不味いコーヒーとシナモン・ドーナツを注文し、ゲーム・センターについて何か知らないか、とウェイトレスに訊ねてみた。

彼女は胡散臭そうに僕を眺めた。床に落ちたドーナツでも眺めるような目付きだった。

「ゲーム・センター?」

「少し前までここにあったやつさ」

「知らないわ」彼女は眠そうに首を振った。一ヵ月前のことなんて誰も覚えちゃいない。そんな街なのだ。

僕は暗い心を抱えたまま街を歩きまわった。3《スリー》フリッパーの「スペースシップ」、誰もその行方は知らなかった。

そして僕はピンボールをやめた。しかるべき時がやってきて、誰もがピンボールをやめる。ただそれだけのことだ。

16

何日も降りつづいた雨は金曜の夕方になって突然上がった。窓から見下ろす街はうんざりするほどの雨水を吸い込み、全身をふくれあがらせていた。夕陽が途切れ始めた雲を不思議な色あいに変え、その照り返しが部屋の中を同じ色に染めていった。

鼠はTシャツの上にウィンドブレーカーをかぶり街に出た。アスファルトの舗道はところどころに静かな水たまりをたたえたまま黒々とどこまでも伸びている。街中に雨上がりの夕暮の匂いがする。川沿いに並んだ松は全身をぐっしょりと濡らしたまま、緑の葉先から細かい水滴をしたたらせていた。茶色に染まった雨水は川に流れこみ、コンクリートの川底を海に向けて滑り下りていた。

夕暮はすぐに終り、湿った闇があたりを被い始める。そしてその湿りは一瞬のうちに霧に変っていった。

鼠は車の窓から肘をつきだしたままゆっくりと街を巡ってみた。山の手の坂道を西に向って白い霧が流れていた。結局川に沿って海岸に下る。そして防波堤のわきに車を停め、シートを倒して煙草を吸った。砂浜も護岸ブロックも防砂林も、何もかもが黒く濡れていた。女の部屋のブラインドからは暖かそうな黄色い光がこぼれている。腕時計を眺める。七時十五分。人々が食事を済ませ、それぞれの部屋の温もりに溶け込んでいく時間だ。

鼠は両手を頭の後ろにまわし、目を閉じて彼女の部屋の様子を思い出そうとしてみた。二度しか中に入ったことがないので記憶は不確かだ。ドアを開けたところが六畳ばかりのダイニング・キッチン……、オレンジ色のテーブルクロス、観葉植物の鉢、椅子が四脚、オレンジ・ジュース、テーブルの上の新聞、ステンレス・スチールのティー・ポット……

全てがきちんと配置され、そしてしみひとつない。……その奥は二つの小さな部屋の仕切りを取払ったワンルームになっている。ガラス板を敷いた細長いデスク、その上には……陶製のビール・ジョッキが三つ。中には様々な鉛筆や定規や製図ペンがぎっしりと詰め込まれている。トレイの中には消しゴムや文鎮、インク消し、古い領収書、接着テープ、色とりどりのクリップ……それから鉛筆削り、切手。

机のわきには長く使いこまれた製図板、長いアームのついたライト。シェードの色は……緑だ。そして突きあたりの壁にはベッドがある。北欧風の小さな白木のベッドだ。二人が乗ると、公園のボートのような軋んだ音を立てる。

霧は時を追うごとにその濃さを増していった。乳白色の闇が海辺をゆっくりと流れる。時折道路の前方から黄色いフォグ・ランプが近づき、スピードを落としたまま鼠のわきを通り過ぎる。窓から入り込んでくる細かな水滴が、車の中のあらゆるものを濡らしていく。シート、フロント・グラス、ウィンドブレーカー、ポケットの煙草、何もかもだ。沖合に停泊した貨物船の霧笛が、群れをはぐれた仔牛のような鋭い悲鳴を上げ始める。霧笛はそれぞれの音階に短く長く闇を貫き、山の方向へ飛ぶ。

左側の壁には、と鼠は考えつづける。本棚と小さなオーディオ・セット、そしてレコードだ。それに洋服ダンス。ベン・シャーンの複製画が二枚。本棚にはたいした本はない。

殆んどは建築の専門書だ。それと旅行に関係した本、ガイドブック、旅行記、地図、何冊かのベストセラー小説、モーツァルトの伝記、楽譜、辞書が何冊か……、フランス語の辞書の中表紙には何かの表彰のことばが書きこまれている。レコードの殆んどはバッハとハイドンとモーツァルトだ。それに少女時代の名残りの何枚かのレコード……。パット・ブーン、ボビー・ダーリン、プラッターズ。

そこで鼠は行き詰った。何かが欠けていた。それも大事なものだ。そのために部屋全体が現実感を喪失したまま宙に漂っていた。何だ？　オーケー、ちょっと待ってくれ……、思い出す。部屋の照明と……カーペットだ。どんな照明だ？　そして何色のカーペットだ？　……どうしても思い出せなかった。

鼠は車のドアを開けて防砂林を抜け、彼女の部屋をノックして照明とカーペットの色を確めてみたい衝動に駆られた。馬鹿馬鹿しい。鼠はもう一度シートにもたれこみ、今度は海を眺める。暗い海の上には白い霧の他、何ひとつ見えなかった。そしてその奥には灯台のオレンジ色の灯が心臓の鼓動のように、確かな点滅を繰り返している。

彼女の部屋は天井と床を失くしたまましばらくのあいだ、ぼんやりと闇の中に浮かんでいた。そして少しずつ細かい部分からそのイメージは薄れ始め、ついには何もかもが消えた。

鼠は首を天井に向け、そしてゆっくりと目を閉じる。そしてスイッチを切るように頭の中から全ての灯りを消しさり、新しい闇の中に心を埋めた。

17

3《スリー》フリッパーの「スペースシップ」……、彼女が何処かで僕を呼びつづけていた。何日も何日もそれが続いた。

僕は積み上げられた仕事の山をおそろしいスピードで片付けていった。もう昼食はとらなかったし、アビシニア猫とも遊ばなかった。誰とも口をきかなかった。事務の女の子は時折僕の様子を見に来ては、あきれたように首を振って戻っていった。二時までに一日分の仕事を済ませ、原稿を女の子の机に放り投げると事務所を飛び出した。そして東京中のゲーム・センターを巡り、3《スリー》フリッパーの「スペースシップ」を捜し求めた。でも無駄だった。誰一人としてその台を見たものも聞いたものもなかった。

「4《フォー》フリッパーの『地底探険』じゃ駄目かね？　入ったばかりの機械なんだが」とあるゲーム・センターの主人が言った。

「駄目なんだ、悪いけど」

彼は少しがっかりしたみたいだった。

「3《スリー》フリッパーの『サウスポー』、てのもあるんだがな。サイクル・ヒットでボーナス・ボールが出るんだ」

「申しわけないが、『スペースシップ』にしか興味ないんだ」

それでも彼は親切に知り合いのピンボール・マニアの名前と電話番号を僕に教えてくれた。

「この人ならあんたの捜してる台について何か知ってるかもしれんよ。いわゆるカタログ・マニアでね、台についちゃ一番詳しいだろう。少々変った男だがな」

「ありがとう」と僕は礼を言った。

「いや、いいさ。みつかるといい」

僕は静かな喫茶店に入り、そのダイアルを回してみた。五度ばかりベルが鳴ってから男が出た。静かな声だった。背後では七時のNHKニュースと赤ん坊の声が聞こえる。

「ピンボールのある台についてお話をうかがいたいのですが」僕は名前を名のってからそう切り出した。

少しの間電話の向うで全てが沈黙した。

「どのような台でしょうか？」と男が言った。テレビの音が小さく下げられていた。

「3《スリー》フリッパーの『スペースシップ』という台です」

男は考え込むように唸った。

「ボードに惑星と宇宙船の絵が描かれた……」

「よく知っています」と彼は僕の話を遮った。そして咳払いした。まるで大学院を出たての講師のようなしゃべり方だった。「シカゴのギルバート&サンズの一九六八年のモデルです。悲運の台として少々知られたものでしてね」

「悲運の台？」

「いかがでしょう」と彼は言った。「お会いして話すわけにはいかんでしょうか？」

僕たちは翌日の夕方に会うことにした。

僕たちは名刺を交換してからウェイトレスにコーヒーを注文した。彼は本当に大学の講師だったので僕はひどく驚いた。年は三十を幾つか出たあたり、髪はすでに薄くなりはじめていたが体は日焼けして頑丈そうだった。

「大学でスペイン語を教えています」と彼は言った。「砂漠に水を撒くような仕事です」

僕は感心して肯いた。

「あなたの翻訳事務所ではスペイン語はやらんのですか?」

「僕が英語をやり、もう一人がフランス語をやります。もうそれで手いっぱいなもので」

「それは残念」と彼は腕組みしたまま言った。でもそれほど残念ではなさそうだった。彼はしばらくネクタイの結びめをいじりまわしていた。

「スペインに行かれたことは?」と彼は訊ねた。

「いや、残念ながら」と僕は言った。

コーヒーが運ばれてきてスペインの話はそこで終り、沈黙の中で我々はコーヒーを飲んだ。

「ギルバート&サンズという会社はいわば後発のピンボール・マシーン・メーカーなのです」と彼は突然語り始めた。「第二次大戦から朝鮮戦争までは爆撃機の爆弾投下装置を主に作っていたのですが、朝鮮の休戦を契機として新しい分野に乗り出そうとしたわけです。ピンボール・マシーン、ビンゴ・マシーン、スロット・マシーン、ジュークボックス、ポップコーン・ヴェンダー……、いわゆる平和産業ですな。ピンボールの一号機は一九五二年に完成しました。悪くはなかった。実に頑丈だし、安価でもあった。でも面白味のない台でしてね、『ビルボード』誌の評を借りるなら『ソビエト陸軍婦人部隊の官給ブラジャーの如きピンボール・マシーン』であったわけです。もっとも商売としては成功しました。メキシコを始めとして中南米諸国に輸出したのです。そういった国には専門技術者が少ない。だから複雑な機械よりは故障の少ない頑丈なものが喜ばれるわけです」

彼は水を飲むあいだ黙った。スライド用のスクリーンと長い棒のないのが実に残念そうだった。

「ところで御存知のようにアメリカの、つまり世界のということですが、ピンボール業界は四つばかりの企業による寡占状態にあります。ゴッドリーブ、バリー、シカゴ・コイン、ウィリアムズ……いわゆるビッグ・フォーですな。そこにギルバート社が殴り込んできた。激しい戦いが五年ばかり続きました。そして一九五七年、ギルバート社はピンボールから手を引きました」

「手を引いた？」

彼は肯きながら残りのコーヒーを不味そうに飲み、ハンカチで口もとを何度も拭いた。

「ええ、敗退したわけです。もっとも会社自体はもうけたんです。中南米輸出でね。でも傷口が大きくならないうちにということで手を引きました。……結局ピンボール作りのノウハウはひどく複雑なのですよ。熟練した専門技術者が何人も要るし、それを統率するプランナーが要る。それに全国をカバーするネットワークが要ります。部品を常にストックしておくエージェントが要るし、どこの機械が故障しても五時間以内にとんで行ける数の修理工もいる。まあ残念なことに新参のギルバート社にはそれだけの力はなかった。そこで彼らは涙をのんで引きさがり、それからの約七年間自動販売機やクライスラーのワイパーを作り続けていたわけです。でも彼らはピンボールをあきらめはしなかった」

彼はそこで口をつぐんだ。上着のポケットから煙草を取り出し、テーブルの上で先をとんとんと叩いてからライターで火を点けた。

「あきらめなかったんです。彼らにはプライドがあったんですな。秘密工場で研究は進められた。ビッグ・フォーを退職した連中をこっそりと引き抜いてプロジェクト・チームを作ったわけです。そして莫大な研究費を与えてこう命令した、ビッグ・フォーのどんな機械にも負けないものを作れ、それも五年以内に、とね。一九五九年のことでした。その五年間を会社の方でも有効に使った。彼らは別の製品を利用してバンクーバーからワイキキまでの完璧なネットワークを作りあげた。これで全ての準備は完了しました。

再開の第一号機は予定どおり一九六四年に完成しました。『ビッグ・ウェイヴ』というのがそれです」

彼は皮かばんの中から黒いスクラップブックを取り出してページを開け、僕に渡した。雑誌から切り抜いたらしい「ビッグ・ウェイヴ」の全体の写真、フィールド図、ボード・

デザイン、それにインストラクション・カードまでが貼りつけてあった。

「これは実にユニークな台でした。そしてこれまでにない様々な工夫に満ちていた。例えばシークエンス・パターンひとつ取り上げてもそうです。この『ビッグ・ウェイヴ』では自分で自分のテクニックにあわせたパターンが選べるんです。この台は人気を呼びました。

もちろんギルバート社のそういった様々なアイデアは今ではごく一般的なものとなっているわけですが、その当時には恐しく新鮮だったんです。またこの機械は非常に良心的に作られていた。第一に丈夫であったこと。ビッグ・フォーの耐用年数がほぼ三年であるのに対し、これは五年は使えました。第二に投機性が薄く、テクニック中心であったこと。……その後のギルバート社はそのラインに沿った幾つかの名機を産み出しました。『オリエンタル・エクスプレス』、『スカイ・パイロット』、『トランス・アメリカ』……、いずれもマニアに高く評価された台です。『スペースシップ』は彼らの最後のモデルとなりました。

『スペースシップ』は前の四台とはガラリと趣を変えた台でした。前の四台が様々に新奇な工夫を凝らした台であったのに対し、『スペースシップ』は恐しくオーソドックスでシンプルなものでした。ビッグ・フォーが既に使用している機構の他には何ひとつ使ってはいない。それだけ逆に、実に挑戦的な台であるとも言えた。自信があったんですな」

彼は噛んで含めるようにゆっくりとしゃべった。僕は何度も肯きながらコーヒーを飲み、コーヒーがなくなると水を飲み、水もなくなると煙草を吸った。

「『スペースシップ』は不思議な台でした。一見取り柄がないようにも見える。でもやってみると何かが違うんです。同じフリッパー、同じターゲットなんですが、他の機種とは何かが違う。その何かが麻薬のように人の心をひきつけた。何故だかはわかりません。……私が『スペースシップ』を悲運の台と呼ぶのには二つばかりの理由があります。第一にその素晴しさが人々に十全に理解されなかったこと。彼らがやっと理解し始めた頃はもう遅すぎた。第二に会社が倒産してしまったこと。あまりにも良心的にやりすぎたんですな。ギルバート社はさるコングロマリットに吸収されました。本社はピンボール部門は必要ないと言った。それまでです。『スペースシップ』は全部で千五百台ばかり生産されましたが、そんなわけで今では幻の名機となっています。アメリカでの『スペースシップ』のマニア取引価格は二千ドルばかりですが、売りに出されることはまずない」

「何故ですか？」

「誰も手放さんからです。誰も手放せなくなるんです。不思議な台です」

彼は語り終えると習慣的に腕時計を眺め、煙草を吸った。僕は二杯目のコーヒーを注文した。

「日本には何台輸入されたのですか?」

「調べてみました。三台です」

「少ないですね」

彼は肯いた。「ギルバート社の製品を扱うルートが日本になかったせいです。六九年にある輸入代理店が実験的に取り寄せました。それがその三台です。追加しようとした時にはギルバート&サンズはもう存在してはいなかった」

「その三台ですが、行方はわかりますか?」

彼はコーヒー・カップに入れた砂糖を何度もかきまわし、耳たぶをぼりぼりと掻いた。

「一台は新宿の小さなゲーム・センターに流れました。ゲーム・センターは一昨年の冬に潰れました。台の行方はわかりません」

「それは知っています」

「もう一台は渋谷のゲーム・センターに流れました。そこは昨年の春に火事で焼けました。もっとも火災保険のせいで誰も損はしなかった。『スペースシップ』が一台この世から消えただけです。……どうもこうしてみると悲運の台としか言いようがないのです」

「マルタの鷹みたいですね」と僕は言った。

彼は肯いた。「ところで最後の一台の行先がわからない」

僕は彼にジェイズ・バーの住所と電話番号を教えた。「でも今はもうありません。去年の夏に処分したんです」

彼はいとおしそうにそれを手帳にメモした。

「僕に興味があるのは新宿にあった機械です」と僕は言った。「行方はわかりませんか？」

「可能性は幾つかあります。最も一般的なのはスクラップです。機械の回転はとても早い。通常の機械は三年で減価償却してしまうし、修理代をかけるよりは新しいものに代えてしまった方が得なんです。もちろん流行の問題もありますしね。そこでスクラップにされる。……第二の可能性は中古品として引き取られることです。型は古いがまだ使えるといった機械は往々にしてどこかのスナックに流れたりもします。そしてそこで酔払いやアマチュアの相手をして一生を終えます。第三に、これは非常に稀なケースですが、マニアが引き取ることもある。でも八十パーセントまでがスクラップです」

僕は火の点いていない煙草を指のあいだにはさんで、暗い気持のまま考え込んだ。

「最後の可能性についてですが、調査することはできませんか？」

「やってみるのは構いませんが、むずかしいでしょうね。マニア同士の横の連絡というのが殆んどない世界なんです。名簿もなければ会誌もない。……でもまあやってみましょう。私自身『スペースシップ』には幾らか興味がある」

「感謝します」

彼は深々とした椅子に背中を沈み込ませ、煙草をふかした。

「ところであなたの『スペースシップ』のベスト・スコアは?」

「十六万五千」と僕は言った。

「そりゃ凄い」と彼は表情も変えずに言った。「実に凄い」そしてまた耳を掻いた。

18

その後の一週間ばかりを僕は奇妙なほどの平穏と静けさのうちに送った。ピンボールの響きはまだ幾らか耳に残ってはいたが、冬の陽だまりに落ちた蜂の羽音のようなその狂おしい唸りはもう消え去っていた。秋は一日ごとに深まりを見せ、ゴルフ場を囲む雑木林は地面に乾いた葉を積もらせていった。なだらかな郊外の丘陵のあちこちでそういった落葉を焚く細い煙が、魔法の縄のようにまっすぐに空に立ちのぼるのがアパートの窓から見えた。

双子は少しずつ無口に、そして優しくなっていった。僕たちは散歩をし、コーヒーを飲み、レコードを聴き、毛布の下で抱き合って眠った。日曜日には僕たちは一時間ばかりかけて植物園まで歩き、くぬぎ林の中で椎茸とほうれん草のサンドウィッチを食べた。くぬぎ林の上では尾の黒い野鳥がすきとおるような声で鳴きつづけていた。

空気は少しずつ冷えこんでいったので、僕は二人のために新しいスポーツ・シャツを二枚買い、僕の古いセーターと共に与えた。おかげで二人は208でも209でもなく、オリーブ・グリーンの丸首セーターとベージュのカーディガンになったが、二人とも文句は言わなかった。僕はその他に二人に靴下と、新しいスニーカーも買い与えた。そしてまるで足長おじさんのような気持になった。

十月の雨は素敵だった。針のように細い、そして綿のように柔らかな雨が、枯れはじめたゴルフ場の芝一面に降り注いだ。そして水たまりを作るでもなく、大地にゆっくりと吸いこまれていった。雨上がりの雑木林には湿った落ち葉の匂いが漂い、夕暮の光が幾筋か射しこんで、地面にまだらの模様を描く。雑木林を抜ける小径の上を何羽かの鳥が走るように横切る。

事務所での日々も同じようなものだった。仕事は峠を越し、僕はカセット・テープでビックス・バイダーベックやウディ・ハーマン、バニー・ベリガンといった古いジャズを聴き、煙草を吸いながらのんびりと仕事を続け、一時間おきにウィスキーを飲み、クッキーを食べた。

女の子だけが忙しそうに時刻表を調べ、飛行機やホテルの予約をし、おまけに僕のセーターを二着繕い、ブレザー・コートのメタル・ボタンを付けかえてくれた。彼女は髪型を変え、口紅を淡いピンクに変え、胸のふくらみの目立つ薄いセーターを着た。そして秋の空気の中に溶けこんでいった。

何もかもが永遠にその姿を留めるようにも思える、素晴しい一週間だった。

19

ジェイに街を出る話を切り出すのは辛かった。何故だかわからないがひどく辛かった。店に三日続けて通い、三日ともうまく切り出せなかった。話そうと試みるたびに喉がカラカラに乾き、それでビールを飲んだ。そしてそのまま飲みつづけ、たまらないほどの無力感に支配されていった。どんなにあがいてみたところで何処にも行けやしないんだ、と思う。

時計が十二時を指すと鼠はあきらめて、そして幾らかホッとして立ち上がり、いつものようにジェイにおやすみを言って店を出た。夜の風はもうすっかり冷え込んでいた。アパートに帰り、ベッドに腰を下ろし、ぼんやりとテレビを眺める。缶ビールを開け、煙草に火を点ける。古い西部劇映画、ロバート・テイラー、コマーシャル、天気予報、コマーシャル、そしてホワイト・ノイズ……、鼠はテレビを消し、シャワーに入る。そしてもう一本缶ビールを開け、もう一本煙草に火を点ける。

この街を出て何処に行けばいいのかもわからなかった。何処にも行き場所はないようにも思えた。

生まれて初めて心の底から恐怖が這い上がってくる。黒々と光る地底の虫のような恐怖だった。彼らは目を持たず、憐みを持たなかった。そして鼠を彼らと同じ地の底にひきずり込もうとしていた。鼠は彼らのぬめりを体中に感じる。缶ビールを開ける。

その三日ばかりのあいだに鼠の部屋はビールの空缶と煙草の吸殻でいっぱいになった。ひどく女に会いたかった。女の肌の温もりを全身に感じ、いつまでも彼女の中に入っていたかった。でも女のところには戻れない。お前が自分で橋を焼いたんじゃないか、と鼠は思う。お前が自分で壁を塗り、中に自分を閉じ込めたんじゃないか……。

鼠は灯台を眺める。空が明け、海がグレーに色づき始める。そしてくっきりとした朝の光がまるでテーブルクロスでも引き払うように闇を消し去るころ、鼠はベッドに入り、彼の行き場所のない苦しみと共に眠った。

街を出ようという鼠の決心は一時は揺らぎのない確固としたものに思えた。長い時間をかけ、様々な角度から検討し、そして得た結論だった。どこにも隙はないように思えた。マッチを擦り、橋を焼いた。それで心を残すものも消えた。街には幾らか俺自身の影が残るかもしれない。しかし誰も気にはするまい。そして街は変りつづけ、やがてはその影も姿を消すだろう……。全ては順調に前に進んでいるように思えた。

そしてジェイ……。

何故彼の存在がこんなに自分の心を乱すのか鼠にはわからない。俺は街を出るよ、元気でね、それで済むはずのことだった。お互いに相手のことを何ひとつ知ってるわけじゃない。見知らぬ他人が巡り合い、そしてすれ違う、それだけのことだった。それでも鼠の心は痛んだ。ベッドに仰向けになり、固く結んだ拳を何度か空中に振り出してみる。

鼠がジェイズ・バーのシャッターを押し上げたのは月曜日の真夜中過ぎだった。ジェイはいつものように半分ばかり照明を消した店のテーブルに座り、何をするでもなく煙草を吸っていた。鼠が入ってくるのを見てジェイは少し微笑み、肯いた。ジェイは薄くらがりの中でいやに老けこんで見えた。黒い髭が頬と顎を影のように被い、目はくぼみ、細い唇は乾いてひびわれている。首には血管が浮き、指先には黄色い煙草のヤニが浸み込んでいる。

「疲れてるのかい?」と鼠は訊ねてみた。

「少々ね」とジェイは言った。そしてしばらく黙っていた。「そんな日だってあるさ。誰にでもある」

鼠は肯いてテーブルの椅子を引き、ジェイの向いに腰を下ろした。

「雨の日と月曜日には誰の心も暗くなるってね、歌にある」

「まったくね」ジェイは煙草をはさんだ自分の指をじっと眺めながらそう言った。

「早く帰って寝た方がいいぜ」

「いや、いいんだ」とジェイは首を振った。虫でも追い払うようなゆっくりとした振り方だった。「どうせ家に帰ってもうまく寝られそうもないからね」

鼠は反射的に腕時計に目をやる。十二時二十分だった。物音ひとつしない地下の薄くらがりの中で時間は死に絶えてしまったように思える。シャッターを下ろしたジェイズ・バーの中には何年ものあいだ彼が求めつづけてきたきらめきのかけらもなかった。全てが色あせ、そして全てが疲れ切ってしまっているようだった。

「あたしにコーラをくれないかな」とジェイが言った。「あんたはビールでも飲めばいい」

鼠は立ち上がって冷蔵庫からビールとコーラを取り、グラスと一緒にテーブルに運んだ。

「音楽は?」とジェイが訊ねる。

「いや、今日は静かにやろう」と鼠は言った。

「何かの葬式みたいだ」

鼠は笑った。そして二人は何も言わずにコーラとビールを飲んだ。テーブルに置いた鼠の腕の時計が不自然なほどの巨大な音を立て始める。十二時三十五分、おそろしく長い時間が流れてしまったようでもある。ジェイは殆んど動かなかった。鼠はジェイの煙草がガラスの灰皿の中で吸口まで灰になって燃え尽きるのをじっと眺めていた。

「何故そんなに疲れたんだい?」と鼠は訊ねてみた。

「さあね?」とジェイは言って、思い出したように足を組みかえた。「理由なんて、きっと何もないんだろう」

鼠はグラスに半分ばかりビールを飲み、ため息をついてそれをテーブルに戻した。

「ねえジェイ、人間はみんな腐っていく。そうだろ?」

「そうだね」

「腐り方にはいろんなやり方がある」鼠は無意識に手の甲を唇にあてる。「でも一人一人の人間にとって、その選択肢の数はとても限られているように思える。せいぜいが……二つか三つだ」

「そうかもしれない」

泡を出しきったビールの残りは水たまりのようにグラスの底に淀んでいた。鼠はポケットから薄くなった煙草の箱を取り出し、最後の一本を口にくわえる。「でも、そんなことはどうでもいいような気がし始めた。どのみち腐るんじゃないかってね、そうだろ?」

ジェイはコーラのグラスを傾けたまま、黙って鼠の話を聞いていた。

「それでも人は変りつづける。変ることにどんな意味があるのか俺にはずっとわからなかった」鼠は唇を嚙み、テーブルを眺めながら考え込んだ。「そしてこう思った。どんな進歩もどんな変化も結局は崩壊の過程にすぎないじゃないかってね。違うかい?」

「違わないだろう」

「だから俺はそんな風に嬉々として無に向おうとする連中にひとかけらの愛情も好意も持てなかった。……この街にもね」

ジェイは黙っていた。鼠も黙った。彼はテーブルの上のマッチを取り、ゆっくりと軸に火を燃え移らせてから煙草に火を点けた。

「問題は」とジェイが言った。「あんた自身が変ろうとしてることだ。そうだね?」

「実にね」

おそろしく静かな何秒かが流れた。十秒ばかりだろう。ジェイが口を開いた。

「人間てのはね、驚くほど不器用にできてる。あんたが考えてるよりずっとね」

鼠は瓶に残っていたビールをグラスに空け、一息で飲み干した。「迷ってるんだ」

ジェイは何度か肯いた。

「決めかねてる」

「そんな気がしてたよ」ジェイはそう言うと、しゃべり疲れたように微笑んだ。

鼠はゆっくり立ち上がり、煙草とライターをポケットにつっこんだ。時計は既に一時をまわっていた。

「おやすみ」と鼠は言った。

「おやすみ」とジェイが言った。「ねえ、誰かが言ったよ。ゆっくり歩け、そしてたっぷり水を飲めってね」

鼠はジェイに向って微笑み、ドアを開け、階段を上る。街灯が人影のない通りを明るく照らし出している。鼠はガードレールに腰を下ろし、空を見上げる。そして、いったいどれだけの水を飲めば足りるのか、と思う。

20

スペイン語の講師が電話をかけてきたのは十一月の連休があけたばかりの水曜日だった。昼休み前に共同経営者が銀行に出かけた後、僕は事務所のダイニング・キッチンで女の子が作ってくれたスパゲティーを食べているところだった。スパゲティーは二分ばかり茹ですぎで、バジリコのかわりに細かく切った紫蘇がかかっていたが悪くはない味だった。僕たちがスパゲティーの作り方について討論している最中に電話のベルが鳴った。女の子が電話を取り、二言三言話してから肩をすくめるようにして受話器を僕に渡した。

「『スペースシップ』のことですが」と彼は言った。「行方がわかりました」

「何処ですか？」

「電話では申し上げにくい」と彼は言った。双方がしばらく沈黙した。

「といいますと？」と僕が訊ねた。

「電話では説明しづらい、ということです」

「一見に如かずというわけですね」

「いや」と彼は口ごもった。「もし目の前で御覧になったとしても説明しづらい、ということです」

上手く言葉が出てこなかったので、彼の話の続きを待った。

「別に勿体をつけてるわけでもないし、からかってるわけでもない。とにかくお会いしたい」

「わかりました」

「今日の五時ということでいかがでしょう？」

「結構です」と僕は言った。「ところでプレイは出来るのですか？」

「もちろん」と彼は言った。僕は礼を言って電話を切った。そしてスパゲティーの続きを食べ始めた。

「何処に行くの？」

「ピンボールをやりに行く。行く先はわからない」

「ピンボール？」

「そう、フリッパーでボールを弾いて……」

「知ってるわよ。でも、何故ピンボールなんて……」

「さあね？　この世の中には我々の哲学では推し測れぬものがいっぱいある」

彼女はテーブルに頬杖をついて考え込んだ。

「ピンボールは上手いの？」

「以前はね。僕が誇りを持てる唯一の分野だった」

「私には何もないわ」

「失くさずにすむ」

彼女がもう一度考え込んでいる間に僕はスパゲティーの残りを食べた。そして冷蔵庫からジンジャー・エールを出して飲んだ。

「いつかは失われるものにたいした意味はない。失われるべきものの栄光は真の栄光にあらず、てね」

「誰の言葉？」

「誰の言葉かは忘れたよ。でもまあそのとおりさ」

「世の中に失われないものがあるの？」

「あると信じるね。君も信じた方がいい」

「努力するわ」

「僕はあるいは楽観的すぎるかもしれない。でもそれほど馬鹿じゃない」

「知ってるわ」

「自慢してるわけじゃないが、その反対よりはずっといいと思ってる」

彼女は肯いた。「それで今夜はピンボールをやりに行くのね」

「うむ」

「両手を上げて」

僕は天井に向って両手を上げた。彼女は僕のセーターのわきの下をじっと点検した。

「オーケー、行ってらっしゃい」


僕とスペイン語の講師は最初と同じコーヒー店で待ち合わせ、すぐにタクシーに乗りこんだ。明治通りをまっすぐ、と彼は言った。タクシーが走り出してから彼は煙草を取り出して火を点け、僕にも一本勧めた。彼はグレーのスーツに斜めの線が三本入ったブルーのネクタイを締めていた。シャツもブルー、ネクタイよりは幾分薄いブルーだ。僕はグレーのセーターにブルー・ジーン、そしてすすけたデザート・ブーツだった。まるで教授室に呼ばれた出来の悪い学生のような気がした。

タクシーが早稲田通りを横切るあたりで、運転手がもっと先ですか、と訊ねた。目白通りに、と講師は言った。タクシーはしばらく先を目白通りに入った。

「かなり遠くですか？」と僕は訊ねてみた。

「かなり遠くです」と彼は言って、二本目の煙草を探った。僕は窓の外を過ぎて行く商店街の風景をしばらく目で追った。

「捜すのには苦労しました」と彼は言った。

「始めはマニアのリストを片端から当ってみたんです。二十人ばかり、東京だけじゃなく全国を当ってみました。でも収穫はゼロです。我々が知っていた以上の事実は誰も知りませんでした。次に中古の機械を扱っている業者に当りました。たいした数じゃありません。ただね、取引した機械のリストを調べさせるのに苦労しましたよ、厖大な数ですからね」

僕は肯いて、彼が煙草に火を点けるのを眺めた。

「しかし時期がわかっていたのは助かりました。一九七一年二月ごろ、というわけですからね。調べてもらいましたよ。ギルバート＆サンズ、『スペースシップ』、シリアル・ナンバー１６５０２９、ありましたね。一九七一年二月三日、廃棄処分」

「廃棄処分？」

「スクラップです。『ゴールド・フィンガー』にあったようなやつですよ。四角く押し潰して再生したり、港に沈めたりする」

「しかしあなたは……」

「まあ聞いて下さい。私はあきらめて業者に礼を言って家に引き上げた。しかしね、心の底に何かが引っかかっていた。勘のようなものです。違う、そうじゃないってね。私は翌日もう一度業者のところに行ってみた。そしてその屑鉄のスクラップ屋まで行った。そしてスクラップ作業を三十分ばかり眺めてから事務所に入り名刺を出した。大学の講師という名刺は実体を知らない人に対しては少しばかり効果があるんです」

彼はこの前に会った時よりほんの少しだけ早口になっていた。何故だかはわからなかったがそれが僕を幾らか居心地悪くさせていた。

「そしてこう言ったんです。ちょっとした本を書いている。ついてはスクラップ作業について知りたいってね。

彼は協力してくれました。でも一九七一年二月のピンボール台については何も知らなかった。当然です。二年半も前のことだし、いちいち調べてるわけでもないですからね。ひっかき集めてガシャンと、これでおしまいです。私はもうひとつ訊ねてみた。もしね、そこにある何か例えば洗たく機なりバイクの車体なりを私が欲しいとして、しかるべき金を払えば譲ってもらえますかってね。いいですよ、と彼は言いました。他にそういった例はあるのですか、と私は訊ねました」

秋の夕暮はすぐに終り、闇が道路を被い始めた。車は郊外にさしかかろうとしていた。

「もしくわしいことが知りたいなら、二階の管理担当者に訊ねて下さいということでした。私はもちろん二階に上って彼に訊ねてみました。一九七一年ごろにピンボールの台を引き取った人はないかってね。ある、と彼は言いました。どんな人物かと私が訊ねると、彼は電話番号を教えてくれました。ピンボール台が入るたびに電話をかけるように頼まれてるらしいんです。幾らかつかまされてね。それで私は彼にその人は何台くらいのピンボール台を引き取ったのかと訊ねてみました。さあね、と彼は言いました、眺めるだけ眺めて引き取ることもあれば引き取らないこともある。わからないな、てね。でもおおよそでいいからと私が訊ねると教えてくれましたよ。五十台は下らないってね」

「五十台」と僕は叫んだ。

「そこで」と彼は言った。「我々はその人物を訪問するわけです」

21

あたりはまったくの暗闇に変っていた。それも単色の闇ではなく、様々な絵の具をバターのように厚く塗り込めた暗闇だった。

僕はタクシーの窓ガラスに顔をつけたままそんな暗闇をずっと眺めていた。闇は不思議に平面的だった。実体のない物質を鋭利な刃物でスライスした切口のようにも見える。奇妙な遠近感が闇を支配していた。巨大な夜の鳥がその翼を広げ、僕の目の前にくっきりと立ちはだかる。

人家は進むにつれてまばらになり、ついには何万という虫の声が地鳴りのように湧き起こる草原や林だけになった。雲は岩のように低く垂れ、地上の全てのものはまるで首をすくめるように闇の中で沈黙していた。そして虫だけが地表を被いつくしていた。

僕とスペイン語の講師はもう一言もしゃべらず、ただかわりばんこに煙草を吸いつづけた。タクシーの運転手も道路のヘッドライトの光を睨んだまま煙草を吸った。僕は無意識に指先で膝をパタパタと叩き続けた。そして時折タクシーのドアを押しあけて逃げ出してしまいたい衝動に駆られた。

配電盤、砂場、貯水池、ゴルフ・コース、セーターの綻び、そしてピンボール……どこまで行けばいいのだろうと思う。脈絡のないバラバラのカードを抱えたまま僕は途方に暮れていた。たまらなく部屋に帰りたかった。一刻も早く風呂に入り、ビールを飲み、煙草とカントを持って暖かいベッドに潜り込みたかった。

何故僕は闇の中を走り続けるのだろう？　五十台のピンボール・マシーン、それはあまりにも馬鹿気ている。夢だ。それも実体のない夢だ。

それでも3《スリー》フリッパーの「スペースシップ」は僕を呼び続けていた。

スペイン語の講師が車を停めたのは道路を五百メートルばかりはずれた空地のまん中だった。空地は平らで、くるぶしまでの柔かい草が浅瀬のように広がっていた。僕は車を下り、背中を伸ばして深呼吸する。養鶏場の匂いがした。見渡す限り灯りはない。道路の灯が僅かに辺りの風景をぼんやりと浮かびあがらせている。無数の虫の声が僕たちを取り囲んでいた。まるで足もとからどこかに引きずり込まれそうな気がした。

僕たちはしばらくのあいだ黙って目を闇に慣れさせた。

「ここはまだ東京ですか？」僕はそう訊ねてみた。

「もちろん。そうじゃないように見えますか？」

「世界の果てみたいだ」

スペイン語の講師はもっともらしい顔で肯いたまま何も言わなかった。僕たちは草の香りと鶏のフンの匂いを嗅ぎながら煙草を吸った。煙は狼火のような形に低く流れた。

「あそこに金網があります」彼は射撃練習でもするように腕をまっすぐに伸ばし、闇の奥を指さした。僕は目をこらして金網らしきものを認めた。

「金網に沿ってまっすぐ三百メートルばかり歩いて下さい。つきあたりに倉庫がありま す」

「倉庫？」

彼は僕の方を見ずに肯いた。「ええ、広い倉庫だからすぐにわかりますよ。以前は養鶏場の冷凍倉庫だったんです。でももう使われちゃいません。養鶏場が潰れてしまったんですよ」

「でも鶏の匂いがする」と僕は言った。

「匂い……？　ああ、土地に浸みついてるんですよ。雨の日はもっとひどい。羽音まで聞こえそうな気がする」

金網の奥にはまるで何も見えなかった。恐しいばかりの闇だった。虫の声までが息苦しい。

「倉庫の扉は開いたままになっています。倉庫の持ち主が開けておいてくれたんです。あなたの捜している台はその中にあります」

「あなたは中に入ったんですか？」

「一度だけね……入れてもらいました」煙草をくわえたまま彼は肯いた。オレンジ色の火が闇の中で揺れる。「扉を開けた右手のすぐに電灯のスイッチがあります。階段に注意して下さいよ」

「あなたは来ないんですか？」

「一人で行って下さい。そういう約束なんです」

「約束？」

彼は足もとの草の間に煙草を落とし丁寧に踏み消した。「そうです。好きなだけ居て良いそうです。帰る時には電気を消して帰って下さい」

空気は少しずつ冷え込んでいった。土地の持つ冷気が僕たちのまわりに立ち込めていた。

「持ち主には会ったんですか？」

「会いました」少し間を置いて彼は答えた。

「どんな人物なんですか？」

講師は肩をすくめ、ポケットからハンカチを取り出して鼻をかんだ。「たいして特徴もない人物です。少くとも目に見えるような特徴はね」

「何故ピンボール台を五十台も集めたんですか？」

「まあ、世の中にはいろんな人間がいる。それだけのことでしょう」

それだけのことには思えなかった。でも僕は講師に礼を言って別れ、一人で養鶏場の金網に沿って歩いた。それだけじゃない、と僕は思う。ピンボール台を五十台集めるのはワインのラベルを五十枚集めるのと少々わけが違う。


倉庫はうずくまった動物のように見えた。まわりには高い草がぎっしりと生い茂り、切り立った灰色の壁には窓ひとつない。陰気な建物だった。鉄の両開きの扉の上には養鶏場の名前らしき文字が白いペンキでぶ厚く塗り潰されている。

僕は十歩ばかり離れたところからしばらく建物を見上げた。どれだけ考えたところでどんなうまい考えも浮ばなかった。僕はあきらめて入口まで歩き、氷のように冷ややかな鉄の扉を押した。扉は音もなく開き、そして僕の前にはまったく別の種類の闇が広がった。

22

僕が暗闇の中で壁についたスイッチを押すと、何秒かの時間をおいて天井の蛍光灯がチカチカとまたたき、その白い光が倉庫の中に溢れた。蛍光灯は全部で百本はあるだろう。倉庫は外から見た感じよりずっと広かったが、それでもその光の量は圧倒的だった。眩しさで僕は目を閉じた。しばらく後で目を開けた時には闇は消えて、沈黙と冷ややかさだけが残っていた。

倉庫は巨大な冷蔵庫の内部のように見えたが、建物の本来の目的を考えてみればそれは当然のことともいえた。窓ひとつない壁と天井は艶のある白い塗料で塗られていたが、黄色や黒や、その他のわけのわからぬ色のしみが一面にこびりついていた。壁がおそろしくぶ厚く作られていることは一目でわかった。まるで鉛の箱に詰め込まれたような気がする。永遠にここから出られないのではないかという恐怖が僕を捉え、何度も後の扉を振り返らせる。これほど人を嫌な気分にさせる建物もまたとはあるまい。

ごく好意的に見れば、それは象の墓場のようにも見えた。そして足を折り曲げた象の白骨のかわりには、見渡す限りのピンボール台がコンクリートの床にずらりと並んでいた。

僕は階段の上に立ち、その異様な光景をじっと見下ろした。手が無意識に口もとを這い、そしてまたポケットに戻った。

恐しい数のピンボール台だ。七十八というのがその正確な数字だった。僕は時間をかけて何度もピンボール台を勘定してみた。七十八、間違いない。台は同じ向きに八列の縦隊を組み、倉庫のつきあたりの壁まで並んでいた。まるでチョークで床に線を引いて並べでもしたように、その列には一センチの狂いもない。アクリル樹脂の中で固められた蠅のようにあたりの全ては静止していた。何ひとつぴくりとも動かない。七十八の死と七十八の沈黙。僕は反射的に体を動かした。そうでもしなければ僕までもがそのガーゴイルの群れに組み込まれてしまいそうな気がしたからだ。

寒い。そしてやはり死んだ鶏の匂いがする。

僕はゆっくりと五段ばかりの狭いコンクリートの階段を下りた。階段の下はもっと寒い。それでも汗が出た。嫌な汗だ。僕はポケットからハンカチを出して汗を拭う。ただわきの下にたまった汗だけはどうしようもない。僕は階段の一番下に腰を下ろし、震える手で煙草を吸った。…… 3《スリー》フリッパーの「スペースシップ」、僕はこんな風に彼女と会いたくはなかった。彼女にしたところでそうだろう……おそらく。

扉を閉めてしまった後には虫の声ひとつ聴こえない。完璧な沈黙が重い霧のように地表に淀んでいた。七十八台のピンボール・マシーンは三百十二本の脚をしっかりと床に下ろし、その行き場のない重みにじっと耐えていた。哀しい風景だった。

僕は腰を下ろしたまま「ジャンピング・ウィズ・シンフォニー・シッド」のはじめの四小節を口笛で吹いてみた。スタン・ゲッツとヘッド・シェイキング・アンド・フット・タッピング・リズム・セクション……。遮るものひとつないガランとした冷凍倉庫に、口笛は素晴しく綺麗に鳴り響いた。僕は少し気を良くして次の四小節を吹いた。そしてまた四小節。あらゆるものが聴き耳を立てているような気がした。もちろん誰も首を振らないし、誰も足を踏みならさない。それでも僕の口笛は倉庫の隅々に吸い込まれるように消えていった。

「ひどく寒い」ひととおり口笛を吹き終ってから、そう口に出して呟いてみた。反響した声はまるで自分の声には聞こえなかった。それは天井にあたり、霧のように地下に舞い下りてきた。僕は煙草をくわえたまままため息をついた。いつまでもここに座ってワンマン・ショーをやりつづけるわけにもいかない。じっとしていると冷気は鶏の匂いと一緒に体の芯にまで浸み込んでしまいそうだった。僕は立ち上ってズボンについた冷たい土を手で払う。そして煙草を靴で踏み消し、傍のブリキ缶の中に放り込む。

ピンボール……ピンボールだ。そのためにここまで来たんじゃないか。寒さが頭の動きまでを止めてしまいそうだった。考えろ。ピンボールだ。七十八台のピンボール。……オーケー、スイッチだ。この建物の何処かに七十八台のピンボール台をよみがえらせる電源スイッチが存在するはずだ。……スイッチ、捜すんだ。

僕は両手をブルー・ジーンのポケットにつっこんだまま建物の壁に沿ってゆっくりと歩いてみた。のっぺりとしたコンクリートの壁には冷凍倉庫に使われていたころの名残りの配線や鉛管がもぎり取られたままところどころにぶら下がっていた。様々な機械やメーターやジャンクション・ボックス、スイッチのあとには、それらがまるで巨大な力でむりやりむしりとられたかのように、ぽっかりと穴があいていた。壁は遠くでみるよりずっとヌメヌメとしていた。巨大ななめくじの這ったあとのようだった。実際に歩いてみると建物はひどく広い。養鶏場の冷凍倉庫にしては異様に広かった。

ちょうど僕が下りた階段の真向いに同じような階段があった。そして階段を上ったところには同じような鉄の扉があった。ぐるりと一周したような錯覚に襲われそうなほど何もかもが同じだ。僕はためしに手で扉を押してみたが扉はぴくりとも動かなかった。かんぬきも鍵もかかっていなかったが、まるで何かで塗り込めたように扉は微動だにしない。僕は扉から手を離し、無意識に手のひらで顔の汗を拭う。鶏の匂いがした。

スイッチはその扉のわきにあった。レバー式の大きなスイッチだった。僕がそのスイッチを入れると、地の底から湧き上がるような低い唸りが一斉にあたりを被った。背筋が冷たくなるような音だ。そして次に、何万という鳥の群れが翼を広げるようなパタパタパタという音が続いた。僕は振り返って冷凍倉庫を眺めた。それは七十八台のピンボール・マシーンが電気を吸い込み、そしてそのスコアボードに何千個というゼロを叩き出す音だった。音が収まると、あとには蜂の群れのようなブーンという鈍い電気音だけが残った。そして倉庫は七十八台のピンボール・マシーンの束の間の生に満ちた。一台一台がフィールドに様々な原色の光を点滅させ、ボードに精いっぱいのそれぞれの夢を描き出していた。

僕は階段を下り、まるで閲兵でもするように七十八台のピンボール・マシーンのあいだをゆっくり歩いた。幾つかは写真でしか見たことのないヴィンテージ・マシーンであり、幾つかはゲーム・センターで見たことのある懐しいモデルだった。そして誰に記憶されることもなく時の中に消えてしまった台もある。ウィリアムズの「フレンドシップ・7《セブン》」、ボードに描かれた宇宙飛行士の名前は誰だったろう？　グレン……？　六〇年代のはじめだ。バリーの「グランド・ツアー」、青い空、エッフェル塔、ハッピイ・アメリカン・トラヴェラー……。ゴッドリーブの「キングズ・アンド・クイーンズ」、ロール・オーバー・レーンが八つもあるモデルだ。口髭を綺麗に刈り上げたノンシャランな顔付きの西部のギャンブラー、靴下どめに隠したスペードのエース……。

スーパー・ヒーロー、怪獣、カレッジ・ガール、フットボール、ロケット、そして女……、どれもが暗いゲーム・センターの中で色あせ朽ち果てていったありきたりの夢だった。様々なヒーローや女たちが、ボードの上から僕に微笑みかけていた。ブロンド、プラチナ・ブロンド、ブルネット、赤毛、黒髪のメキシコ娘、ポニーテイル、腰までの髪のハワイ娘、アン・マーグレット、オードリイ・ヘップバーン、マリリン・モンロー……、誰もが素晴しい乳房を誇らし気に突き出していた。あるものはボタンを腰まで外した薄いブラウスの下から、あるものはワンピースの水着の下から、あるものは先の尖ったブラジャーの下から……。彼女たちは永遠にその乳房の形を崩さぬまま、確実に色あせていった。そして心臓の鼓動にあわせるように、そのランプを点滅させつづけていた。七十八台のピンボール・マシーン、それは古い、思い出せぬくらいに古い夢の墓場だった。僕は彼女たちのわきをゆっくりと通り抜けていった。

3《スリー》フリッパーの「スペースシップ」は列のずっと後方で僕を待っていた。彼女は派手なメーキャップの仲間たちにはさまれて、ひどくもの静かに見えた。森の奥で平たい石に座って僕を待っていたようだった。僕は彼女の前に立ち、その懐しいボードを眺めた。深いダーク・ブルーの宇宙、インクをこぼしたような青だ。そして小さな白い星。土星、火星、金星……手前には純白の宇宙船が浮かんでいる。宇宙船の窓には灯がともり、その中はまるで一家団欒のひと時のようにも見える。闇の中を幾筋かの流星が線を引いて流れる。

フィールドも昔のままだった。同じダーク・ブルー。ターゲットは微笑みからこぼれる歯のように真白だ。星の形に積み上げられたレモン・イエローの十個のボーナス・ライトがゆっくりと光を上下させている。二つのキック・アウト・ホールは土星と火星、ロート・ターゲットは金星……、全ては静謐にみちていた。

やあ、と僕は言った。……いや、言わなかったのかもしれない。とにかく僕は彼女のフィールドのガラス板に手を載せた。ガラスは氷のように冷ややかであり、僕の手の温もりは白くくもった十本の指のあとをそこに残した。彼女はやっと目覚めたように僕に微笑む。懐しい微笑だった。僕も微笑む。

ずいぶん長く会わなかったような気がするわ、と彼女が言う。僕は考えるふりをして指を折ってみる。三年ってとこだな。あっという間だよ。

僕たちはお互いに肯いてしばらく黙り込む。喫茶店ならコーヒーをすすったり、レースのカーテンを指でいじったりするところだ。

君のことはよく考えるよ、と僕は言う。そしておそろしく惨めな気持になる。

眠れない夜に？

そう、眠れない夜に、と僕は繰り返す。彼女はずっと微笑を絶やさなかった。

寒くない？　と彼女が訊ねる。

寒いさ、とても寒い。

あまり長くいない方がいいわ。あなたにはきっと寒すぎる。

多分ね、と僕は答える。そして細かく震える手で煙草をひっぱり出し、火を点けて煙を吸い込む。

ゲームはやらないの？　と彼女が訊ねる。

やらない、と僕は答える。

何故？

165000、というのが僕のベスト・スコアだった。覚えてる？

覚えてるわ。私《わたし》のベスト・スコアでもあったんだもの。

それを汚したくないんだ、と僕はいう。

彼女は黙った。そして十個のボーナス・ライトだけがゆっくりと上下に点滅を続けていた。僕は足もとを眺めながら煙草を吸った。

何故来たの？

君が呼んだんだ。

呼んだ？　彼女は少し迷い、そしてはにかむように微笑んだ。そうね、そうかもしれない。呼んだのかもしれないわ。

ずいぶん捜したよ。

ありがとう、と彼女は言う。何か話して。

いろんなことがすっかり変っちまったよ、と僕は言う。君の居たゲーム・センターのあとはオールナイトのドーナツ・ショップになったよ。ひどくまずいコーヒーを出すんだ。

そんなにまずいの？

昔、ディズニーの動物映画で死にかけたシマウマがちょうどあんな色の泥水を飲んでたな。

彼女はクスクス笑った。素敵な笑顔だった。でも嫌な街だったわ、と彼女は真顔で言う。何もかも粗雑で、汚らしくって……。

そういう時代だったのさ。

彼女は何度も肯く。あなたは今何してるの？

翻訳の仕事さ。

小説？

いや、と僕はいう。日々の泡のようなものばかりさ。ひとつのドブの水を別のドブに移す、それだけさ。

楽しくないの?

どうかな? 考えたこともないね。

女の子は?

信じてくれないかもしれないけど、今は双子と暮してる。コーヒーをいれるのがとてもうまいんだ。

彼女はニッコリ微笑んだまま、しばらく宙に目をやった。なんだか不思議ね、何もかもが本当に起ったことじゃないみたい。

いや、本当に起ったことさ。ただ消えてしまったんだ。

辛い?

いや、と僕は首を振った。無から生じたものがもとの場所に戻った、それだけのことさ。

僕たちはもう一度黙り込んだ。僕たちが共有しているものは、ずっと昔に死んでしまった時間の断片にすぎなかった。それでもその暖い想いの幾らかは、古い光のように僕の心の中を今も彷徨いつづけていた。そして死が僕を捉え、再び無の坩堝に放り込むまでの束の間の時を、僕はその光とともに歩むだろう。

もう行った方がいいわ、と彼女が言った。

確かに冷気は耐え難いほどに強まっていた。僕は身震いして煙草を踏み消した。

会いに来てくれてありがとう、と彼女は言った。もう会えないかもしれないけど元気でね。

ありがとう、と僕は言う。さようなら。

僕はピンボールの列を抜けて階段を上り、レバー・スイッチを切った。まるで空気が抜けるようにピンボールの電気が消え、完全な沈黙と眠りがあたりを被った。再び倉庫を横切り、階段を上がり、電灯のスイッチを切って扉を後手に閉めるまでの長い時間、僕は後ろを振り向かなかった。一度も振り向かなかった。


タクシーを拾ってアパートに帰り着いたのは真夜中の少し前だった。双子はベッドの中で週刊誌のクロスワードを完成しかけているところだった。僕はひどく青ざめた顔をして体中から冷凍の鶏の匂いをさせていた。着ていた服を全部洗濯機につっこみ、熱い風呂につかった。人なみの意識に戻るために三十分ばかり熱い湯に入っていたが、それでも体の芯まで浸み込んだ冷気は落ちなかった。

双子は押入からガス・ストーブをひっぱり出して火を点けてくれた。十五分ばかりで震えが止まり、一息ついてから缶詰のオニオン・スープをあたためて飲む。

「もう大丈夫」と僕は言った。

「本当に?」

「まだ冷たいわ」双子は僕の腕首をつかみながら心配そうに言った。

「すぐに暖かくなるさ」

それから僕たちはベッドに潜り込み、クロスワード・パズルの最後の二つを完成させた。ひとつはにじますで、ひとつはさんぽみちだった。体はすぐに暖かくなり、僕たちは誰からともなく深い眠りに落ちていった。

僕はトロツキーと四頭のトナカイの夢を見た。四頭のトナカイは全員が毛糸の靴下をはいていた。おそろしく寒い夢だった。

23

鼠はもう女とは会わなかった。彼女の部屋の灯を眺めるのもやめた。窓際に近寄ることさえやめた。まるで蠟燭を吹き消した後に立ちのぼる一筋の白い煙のように、彼の心の中の何かが闇をしばらくの間漂いそして消えた。それから暗い沈黙がやってきた。沈黙。一枚一枚と外皮を剝ぎ取った後にいったい何が残るのか、鼠にもわからない。誇り？……彼はベッドの上で何度も自分の両手を眺める。恐らく誇りなしに人は生きてはいけないだろう。でもそれだけでは暗すぎる。あまりにも暗すぎる。

女と別れるのは簡単だった。ある金曜の夜に女に電話するのをやめる、それだけのことだ。彼女は真夜中まで電話を待ちつづけたかもしれない。そう考えるのは辛かった。何度か電話に手が伸びそうになるのを鼠は我慢した。ヘッドフォンをかぶり、ボリュームを上げてレコードを聴き続けた。彼女が電話をかけてこないことはわかっていたが、それでもベルの音だけは聴きたくなかった。

十二時まで待って、彼女はあきらめるだろう。そして顔を洗い歯を磨き、ベッドに潜り込むだろう。そして電話は明日の朝にかかってくるのかもしれない、と考える。そして電気を消して眠る。土曜の朝も電話は鳴らない。彼女は窓を開け、朝食を作り、鉢植えに水をやる。そして昼すぎまで待ちつづけ、今度こそ本当にあきらめるだろう。鏡に向って髪にブラシをかけながら、何度か練習でもするように笑ってみる。そして結局はこうなるはずだったんだ、と思う。

それだけの時間を、鼠はぴったりとブラインドを下ろした部屋の中で、壁にかかった電気時計の針を眺めて過した。部屋中の空気はぴくりとも動かなかった。浅い眠りが何度か彼の体を通り過ぎる。時計の針はもう何の意味も持たない。闇の濃淡が幾度か繰り返されるだけだ。鼠は自分の肉体が少しずつ実体をなくし、重さをなくし、感覚をなくしていくのに耐えた。何時間、いったい何時間俺はこうしていたのだろう、と彼は思う。目の前の白い壁はその息づかいにあわせてゆっくりと揺れた。空間がある密度を持ち、彼の肉体を侵し始める。そしてこれ以上は耐えられまいというポイントを推し測って鼠は立ち上がり、シャワーに入り、朦朧とした意識の中で髭を剃った。そして体を拭き、冷蔵庫のオレンジ・ジュースを飲む。新しいパジャマを着てベッドに入り、これで終ったんだ、と思う。それから深い眠りがやってきた。おそろしく深い眠りだった。

24

「街を出ることにするよ」と鼠はジェイに言った。

夕方の六時、開いたばかりの店だった。カウンターはワックスをかけられ、店じゅうの灰皿には吸殻一本ない。酒瓶は綺麗に磨かれたままラベルを表に向けて並べられ、先端までぴしりと折られた新しい紙ナプキンやタバスコ・ソースや塩の瓶が小さなトレイにきちんと収まっている。ジェイは三種類のドレッシングをそれぞれの小さなボールの中でかきまぜている。にんにくの匂いが細かな霧のように辺りを漂っている。そんな風なちょっとした時間だった。

鼠はジェイに借りた爪切りで指の爪を灰皿に落としながらそう言った。

「出るって……何処に行くんだい？」

「あてはないさ。知らない街に行く。余り大きくない方がいいね」

ジェイはじょうごを使ってドレッシングをそれぞれの大きなフラスコに流しこんだ。それからその三本の瓶を冷蔵庫にしまい、タオルで手を拭いた。

「そこで何をするんだい？」

「働くさ」鼠は左手の爪を切り終えると何度も指を眺めた。

「この街じゃだめなのかい？」

「だめさ」と鼠は言った。「ビールが欲しいな」

「あたしが奢るよ」

「有難く受ける」

鼠は氷で冷やされたグラスにビールをゆっくりと注ぎ、一口で半分ばかり飲んだ。「何故ここじゃだめなのかって訊かないのかい？」

「わかるような気はするからね」

鼠は笑ってから舌打ちした。「なあ、ジェイ、だめだよ。みんながそんな風に問わず語らずに理解し合ったたって何処にもいけやしないんだ。こんなこと言いたくないんだがね……、俺はどうも余りに長くそういった世界に留まりすぎたような気がするんだ」

「そうかもしれない」しばらく考えてからジェイはそう言った。

鼠はビールをもう一口飲んでから、右手の爪を切り始めた。「ずいぶん考えたんだ。何処に行ったたって結局は同じじゃないかともね。でも、やはり俺は行くよ。同じでもいい」

「もう帰って来ないのかい？」

「もちろんいつかは帰って来るさ。いつかはね。別に逃げ出すわけじゃないんだもの」

鼠は小皿の落花生のしわだらけの殻を音を立てて割り、灰皿に捨てた。磨き込まれたカウンターの羽目板にビールの冷たい露がたまったのを彼は紙ナプキンで拭き取った。

「何時たつんだい？」

「明日、あさって、わからないな。多分この三日のうちだろう。もう用意はしてあるんだ」

「ずいぶん急な話だね」

「うん……、あんたにもいろいろと迷惑ばかりかけた」

「ま、いろいろあったものね」ジェイは戸棚に並んだグラスを乾いた布で拭きながら何度も肯いた。「でも過ぎてしまえばみんな夢みたいだ」

「そうかもしれない。でもね、俺が本当にそう思えるようになるまでにはずいぶん時間がかかりそうな気がする」

ジェイは少し間をおいて笑った。

「そうだね。時々あたしはあんたと二十も歳が離れてるのを忘れちまうんだよ」

鼠はビールの残りをグラスに空け、ゆっくり飲んだ。こんなにゆっくりとビールを飲んだのは初めてだった。

「もう一本飲むかい？」

鼠は首を振った。「いや、いい。これが最後の一本てつもりで飲んだんだ。ここで飲むビールのさ」

「もう来ないのかい？」

「そのつもりだよ。辛くなるからさ」

ジェイは笑った。「またいつか会おう」

「今度会った時には見分けがつかないかもしれないぜ」

「匂いでわかるさ」

鼠はきれいになった両手の指をもう一度ゆっくりと眺め、残った落花生をポケットにつっこみ、紙ナプキンで口を拭ってから席を立った。

まるで闇の中の透明な断層を滑るように風は音もなく流れた。風は頭上の樹々の枝を微かに震わせ、その葉を規則的に地上に払い落とす。車の屋根に落ちた葉は小さな乾いた音を立て、しばらく屋根の上を彷徨ってからフロント・グラスの傾斜をつたってフェンダーに積った。

霊園の林の中で鼠は一人、あらゆる言葉を失くしたままフロント・グラスの奥を眺めつづけていた。車の何メートルか前方で地面はすっぽりと切り落とされ、その先には暗い空と海と街の夜景が広がっていた。鼠は前かがみになって両手をステアリングに載せたまま身動きひとつせずに空の一点をじっと眺めていた。指先には火の点いていない煙草がはさまれ、その先端は空中に幾つかの複雑な、そして意味のないもようを描きつづけている。

ジェイに話してしまった後で、たまらないほどの虚脱感が彼を襲った。辛うじて身をひとつに寄せ合っていた様々な意識の流れが、突然それぞれの方向に歩み始めたようでもある。何処まで行けばそれらの流れがまたひとつに巡り合えるものか鼠にはわからない。いずれは茫漠とした海に流れこむしかない暗い川の流れだ。二度と巡り合うこともないのかもしれない。二十五年という歳月はただそのためだけに存在したようにも思える。何故だ？　と鼠は自分に問いかけてみる。わからない。良い質問だが答がない。良い質問にはいつも答がない。

風がまた幾らか強くなる。その風は人々の様々な営みが立ちのぼらせた僅かばかりの温もりを何処か遠くの世界に運び去り、そして後に残された冷えた闇の奥に無数の星を輝かせていた。鼠はステアリングから両手を離し、しばらく唇のあいだで煙草を転がして、思い出したようにライターで火を点ける。

頭が少し痛む。痛むというよりは、両側のこめかみを冷たい指先で押えられたような奇妙な感触だった。鼠は頭を振り、様々な思いを払いのける。とにかく、終ったんだ。

彼はコンパートメントから全国版のロード・マップを取り出し、ゆっくりとページをめくった。そして幾つもの町の名前を声を出して順番に読み上げてみた。殆んどは耳にしたこともない小さな町だった。そんな町が道路に沿ってどこまでも連なっていた。何ページか読み上げたあとで、この何日かの疲れが巨大な波のように突然彼に押し寄せてきた。そして血液の中を生ぬるいかたまりがゆっくりと巡った。

眠りたかった。

眠りが何もかもをさっぱりと消し去ってくれそうな気がした。眠りさえすれば……。目を閉じた時、耳の奥に波の音が聞こえた。防波堤を打ち、コンクリートの護岸ブロックのあいだを縫うように引いていく冬の波だった。

これでもう誰にも説明しなくていいんだ、と鼠は思う。そして海の底はどんな町よりも暖かく、そして安らぎと静けさに満ちているだろうと思う。いや、もう何も考えたくない。もう何も……。

25

ピンボールの唸りは僕の生活からぴたりと消えた。そして行き場のない思いも消えた。もちろんそれで「アーサー王と円卓の騎士」のように「大団円」が来るわけではない。それはずっと先のことだ。馬が疲弊し、剣が折れ、鎧が錆びた時、僕はねこじゃらしが茂った草原に横になり、静かに風の音を聴こう。そして貯水池の底なり養鶏場の冷凍倉庫なり、どこでもいい、僕の辿るべき道を辿ろう。

僕にとってのこのひと時のエピローグは雨ざらしの物干場のようにごくささやかなものでしかない。

こんなことだ。

ある日双子はスーパー・マーケットで一箱の綿棒を買った。その箱には三百本の綿棒が詰め込まれていた。僕が風呂から上がるたびに双子は僕の両脇に座って両側の耳を同時に掃除した。二人は確かに耳の掃除が上手かった。僕は目を閉じてビールを飲みながら、二本の綿棒が立てるコソコソという音を耳の中に聞きつづけた。ところがある夜、僕は耳掃除の最中にくしゃみをした。そしてその瞬間に両方の耳が殆んど聞こえなくなってしまった。

「私の声が聞こえる?」と右側が言った。

「ほんの少し」と僕は言った。自分の声が鼻の裏側で聞こえる。

「こちらは?」と左側が言った。

「同じさ」

「くしゃみなんてするからよ」

「馬鹿ねえ」

僕はため息をついた。まるでボーリング・レーンの端からスプリットの7ピンと10ピンに話しかけられてるみたいだった。

「水飲めばなおる?」と一人が訊ねた。

「まさか」と僕は腹を立ててどなった。

それでも双子は僕にバケツ一杯分もの水を飲ませた。腹が苦しくなっただけだった。耳は痛くなかったから、くしゃみの拍子に耳あかが奥に押し込まれたに違いない。そうとしか考えようもなかった。僕は押入れから懐中電灯を二つひっぱり出し、二人に調べさせてみた。二人は風穴でものぞき込むみたいに耳の奥に光をあて、何分もかけて調べあげた。

「何もないわよ」

「塵ひとつないわ」

「じゃあ何故聞こえないんだ」と僕はもう一度どなった。

「寿命が切れたのね」

「つんぼになったのよ」

僕は二人に取り合わずに電話帳を調べ、いちばん近い耳鼻科の病院に電話をかけた。電話の声はひどく聞き辛かったが、そのせいもあって看護婦は少しは同情してくれてたようだった。そしてまだしばらくは玄関を開けておくからすぐに来るようにと言った。僕たちは急いで服を着こみ、アパートを出てバス道路ぞいに歩いた。

医者は五十歳ばかりの女医で、もつれた鉄条網のような髪型をしてはいたけれどとても感じの良さそうな人だった。彼女は待合室のドアを開けて手をパンパンと鳴らして双子を黙らせてから僕を椅子に座らせ、たいした興味もなさそうにいったいどうしたのかと訊ねた。

僕が説明し終ると、彼女はもうわかったからそれ以上どならないでくれ、と言った。そして針のついてない巨大な注射器状のものを取り出してそこにあめ色の液体をいっぱいに吸いこみ、僕にブリキのメガフォンのようなものを与え、それを耳の下にあてさせた。注射器は僕の耳の中にさしこまれ、あめ色の液は耳の穴中をしまうまの群れのように飛びはねたあとで耳から溢れてメガフォンの中に落ちた。それが三度繰り返されたあとで細い綿棒で耳の奥がつつかれた。両方の耳でその作業が完了した時、僕の耳はすっかりもとどおりになっていた。

「聞こえる」と僕は言った。

「耳あか」と彼女は簡潔に言った。しりとりのつづきみたいに聞こえた。

「でも見えなかったんですよ」

「曲がってるのよ」

「？」

「あんたの耳の穴は他の人よりずっと大きく曲がってんのよ」

彼女はマッチ箱の裏に僕の耳の穴の絵を描いてくれた。それは机の角に打ちつける補強金具のような形をしていた。

「だからもしあんたの耳あかがこの角を曲がっちゃうと、もう誰が呼んでも帰って来ないのよ」

僕は唸った。「どうすればいいんですか？」

「どうすればって……、ただ耳を掃除する時に注意すりゃいいのよ。ちゅうい」

「耳の穴が他人より曲がってることで、何か他に与える影響はないんですか？」

「他に与える影響？」

「例えば……、精神的に」

「ない」と彼女は言った。

僕たちは十五分も遠まわりしてゴルフ場を横切ってアパートに帰った。十一番ホールのドッグ・レッグは耳の穴を思い出させ、フラッグは綿棒を思い出させた。もっとある。月にかかった雲はB52の編隊を連想させたし、こんもりと繋った西の林は魚の形をした文鎮を連想させたし、空の星はかびがはえたパセリの粉を連想させたし……、もうよそう。とにかく耳は素晴しく鋭敏に世界中の物音を聞き分けていた。まるで世界が一枚のヴェールを脱ぎ捨てたように感じられた。何キロも遠くで夜の鳥が鳴き、何キロも遠くで人々は窓を閉め、何キロも遠くで人々は愛を語っていた。
「よかったわね」と一人が言った。
「本当によかった」ともう一人が言った。

テネシー・ウィリアムズがこう書いている。過去と現在についてはこのとおり。未来については「おそらく」である、と。

しかし僕たちが歩んできた暗闇を振り返る時、そこにあるものもやはり不確かな「おそらく」でしかないように思える。僕たちがはっきりと知覚し得るものは現在という瞬間に過ぎぬわけだが、それとても僕たちの体をただすり抜けていくだけのことだ。

双子を見送りに行く間に僕が考え続けていたのは大体においてそういったことだった。ゴルフ場を抜けて二つ先のバス停まで歩きながら、僕はずっと黙っていた。日曜日の午前七時、空は突き抜けるように青かった。足もとの芝は春までの束の間の死への予感に充ちていた。やがてそこには霜が降り雪が積るだろう。そしてすきとおった朝の光にきらめくだろう。白みを帯びた芝が僕たちの足もとでカサカサと音を立てつづけた。
「何を考えてるの？」と双子の一人が訊ねた。

「何も」と僕は言った。

彼女たちは僕が与えたセーターを着こみ、紙袋に入れたトレーナー・シャツと僅かの着がえをわきに抱えていた。

「何処に行く？」と僕は訊ねた。

「もとのところよ」

「帰るだけ」

僕たちはバンカーの砂地を越え、八番ホールのまっすぐなフェアウェイを越え、露天のエスカレーターを歩いて下りた。おそろしい数の小鳥たちが芝生の上や金網の上から僕たちを眺めていた。

「うまく言えないけど」と僕は言った。「君たちがいなくなるととても寂しいよ」

「私たちもよ」

「寂しいわ」

「でも行くんだろ？」

二人は肯いた。

「本当に帰るところはあるのかい？」

「もちろんよ」と一人が言った。

「でなきゃ帰らないわ」ともう一人が言った。

僕たちはゴルフ場の金網を乗り越えて林を抜け、バス停のベンチに座ってバスを待った。日曜日の朝の停留所は素晴しく静かで、おだやかな日差しに満ちていた。僕たちはその光の中でしりとりのつづきをした。五分ばかりでバスが来ると僕は二人にバスの料金を与えた。

「またどこかで会おう」と僕は言った。

「またどこかで」と一人が言った。

「またどこかでね」ともう一人が言った。

それはまるでこだまのように僕の心でしばらくのあいだ響いていた。

バスのドアがパタンと閉まり、双子が窓から手を振った。何もかもが繰り返される……。僕は一人同じ道を戻り、秋の光が溢れる部屋の中で双子の残していった「ラバー・ソウル」を聴き、コーヒーをいれた。そして一日、窓の外を通り過ぎていく十一月の日曜日を眺めた。何もかもがすきとおってしまいそうなほどの十一月の静かな日曜日だった。

この作品は「群像」一九八〇年三月号に掲載され、同年六月に小社より単行本として発売されました。本書は一九八三年九月に発売された文庫版を新デザインにしたものです。

1973年《ねん》のピンボール

村上春樹《むらかみはるき》

2004年11月15日第1刷発行

発行者——野間佐和子

発行所——株式会社 講談社

東京都文京区音羽2-12-21 〒112-8001

電話 出版部 (03) 5395-3510

販売部 (03) 5395-5817

業務部 (03) 5395-3615

Printed in Japan

講談社文庫

定価はカバーに
表示してあります

デザイン—菊地信義

製版——豊国印刷株式会社

印刷——豊国印刷株式会社

製本——株式会社上島製本所

落丁本·乱丁本は購入書店名を明記のうえ、小社書籍業務部あてにお送りください。送料は小社負担にてお取替えします。なお、この本の内容についてのお問い合わせは文庫出版部あてにお願いいたします。

ISBN4-06-274911-4

講談社文庫刊行の辞

二十一世紀の到来を目睫に望みながら、われわれはいま、人類史上かつて例を見ない巨大な転換期をむかえようとしている。

世界も、日本も、激動の予兆に対する期待とおののきを内に蔵して、未知の時代に歩み入ろうとしている。このときにあたり、創業の人野間清治の「ナショナル・エデュケイター」への志を現代に甦らせようと意図して、われわれはここに古今の文芸作品はいうまでもなく、ひろく人文・社会・自然の諸科学から東西の名著を網羅する、新しい綜合文庫の発刊を決意した。

激動の転換期はまた断絶の時代である。われわれは戦後二十五年間の出版文化のありかたへの深い反省をこめて、この断絶の時代にあえて人間的な持続を求めようとする。いたずらに浮薄な商業主義のあだ花を追い求めることなく、長期にわたって良書に生命をあたえようとつとめるところにしか、今後の出版文化の真の繁栄はあり得ないと信じるからである。

同時にわれわれはこの綜合文庫の刊行を通じて、人文・社会・自然の諸科学が、結局人間の学にほかならないことを立証しようと願っている。かつて知識とは、「汝自身を知る」ことにつきていた。現代社会の瑣末な情報の氾濫のなかから、力強い知識の源泉を掘り起し、技術文明のただなかに、生きた人間の姿を復活させること。それこそわれわれの切なる希求である。

われわれは権威に盲従せず、俗流に媚びることなく、渾然一体となって日本の「草の根」をかたちづくる若く新しい世代の人々に、心をこめてこの新しい綜合文庫をおくり届けたい。それは知識の泉であるとともに感受性のふるさとであり、もっとも有機的に組織され、社会に開かれた万人のための大学をめざしている。大方の支援と協力を衷心より切望してやまない。

一九七一年七月

野間省一

森内俊雄
骨の火
若き日、級友を傷つけ、その告解の機会を逃したことから、神に背き、淪落の道に迷い込む漆山。後には母娘と通じ、二人を死へ追いやる。信仰の背理を問う異色作。

小林信彦
袋小路の休日
世に捨てられ老残の人生を送る元雑誌編集者、漂流する青年、激変する東京の街。一九六〇年以降喪失した日常の何かを抽出。〈時代の違和〉を描いた連作短篇小説集。

北原白秋
白秋青春詩歌集
三木卓編
幼い性の目覚め『思ひ出』、詩壇の寵児となった青年の野心が眩い『邪宗門』、姦通罪に問われた烈しい恋の歌集『桐の花』等、若き日の白秋の詩歌と随筆を精選収録。

水木しげる　コミック昭和史8〈高度成長以降〉
水木しげる　総員玉砕せよ！
宮脇俊三　古代史紀行
宮脇俊三　平安鎌倉史紀行
宮脇俊三　室町戦国史紀行
宮脇俊三　全線開通版・線路のない時刻表
宮脇俊三　徳川家康歴史紀行5000キロ
宮部みゆき　ステップファザー・ステップ
宮部みゆき　震える岩〈霊験お初捕物控〉
宮部みゆき　天狗風〈霊験お初捕物控㈡〉
宮部みゆき　ぼんくら(上)(下)
宮子あずさ　看護婦が見つめた人間が死ぬということ
宮本昌孝　夕立太平記
宮本昌孝　尼首二十万石
宮本昌孝　春風仇討行
宮本昌孝　北斗の銃弾
宮本昌孝　影十手活殺帖
宮城由紀子　部屋を広く使う快適インテリア術
水谷加奈　ON AIR〈女子アナ恋モード、仕事モード〉

宮脇樹里　コルドン・ブルーの青い空〈女ひとり、ロンドン シェフ修行〉
皆川ゆか　機動戦士ガンダム外伝〈THE BLUE DESTINY〉
村上龍　限りなく透明に近いブルー
村上龍　海の向こうで戦争が始まる
村上龍　コインロッカー・ベイビーズ(上)(下)
村上龍　アメリカン★ドリーム
村上龍　ポップアートのある部屋
村上龍　走れ！タカハシ
村上龍　愛と幻想のファシズム(上)(下)
村上龍　村上龍全エッセイ〈1976〜1981〉
村上龍　村上龍全エッセイ〈1982〜1986〉
村上龍　村上龍全エッセイ〈1987〜1991〉
村上龍　超電導ナイトクラブ
村上龍　イビサ
村上龍　長崎オランダ村
村上龍　フィジーの小人
村上龍　368Y Par4 第2打
村上龍　音楽の海岸
村上龍　村上龍料理小説集

村上龍　村上龍映画小説集
村上龍　ストレンジ・デイズ
村上龍　共生虫
村上龍／坂本龍一　EV. Café――超進化論
村上龍／山岸隆　「超能力」から「能力」へ
向田邦子　眠る盃
向田邦子　夜中の薔薇
村上春樹　風の歌を聴け
村上春樹　1973年のピンボール
村上春樹　羊をめぐる冒険(上)(下)
村上春樹　カンガルー日和
村上春樹　回転木馬のデッド・ヒート
村上春樹　ノルウェイの森(上)(下)
村上春樹　ダンス・ダンス・ダンス(上)(下)
村上春樹　遠い太鼓
村上春樹　国境の南、太陽の西
村上春樹　やがて哀しき外国語
村上春樹　アンダーグラウンド
村上春樹　スプートニクの恋人

講談社文庫　目録

村上春樹 佐々木マキ絵　羊男のクリスマス
村上春樹 糸井重里　夢で会いましょう
村上春樹・文 安西水丸・絵　ふわふわ
U・K・ル＝グウィン 村上春樹訳　空飛び猫
U・K・ル＝グウィン 村上春樹訳　帰ってきた空飛び猫
U・K・ル＝グウィン 村上春樹訳　素晴らしいアレキサンダーと、空飛び猫たち
群ようこ　驚典
群ようこ　濃い人々〈いとしの作中人物たち〉
向山昌子　アジアへごはんを食べに行こう
室井佑月　Ｐｉｓｓ《ピス》
室井佑月　子作り爆裂伝
村山由佳　すべての雲は銀の…(上)(下)
室井滋　ふぐママ
森村誠一　暗黒流砂
森村誠一　殺人の花客
森村誠一　ホーム アウェイ
森村誠一　殺人のスポットライト
森村誠一　殺人プロムナード
森村誠一　流星の降る町〈『星の町』改題〉

森村誠一　完全犯罪のエチュード
森村誠一　影の祭り
森村誠一　殺意の接点
森村誠一　レジャーランド殺人事件
森村誠一　殺意の逆流
森村誠一　情熱の断罪
森村誠一　残酷な視界
森村誠一　肉食の食客
森村誠一　死を描く影絵
森村誠一　エネミイ
盛川宏　モリさんの釣果《ちょうか》でごちそう
森瑤子　夜ごとの揺り籠、舟、あるいは戦場
毛利恒之　月光の夏
毛利恒之　月光の海
森まゆみ　抱きしめる、東京〈町とわたし〉
森田靖郎　東京チャイニーズ〈裏歌舞伎町の流氓たち〉
森田靖郎　密航列島
森田靖郎　TOKYO犯罪公司《コンス》
森博嗣　すべてがFになる〈THE PERFECT INSIDER〉

森博嗣　冷たい密室と博士たち〈DOCTORS IN ISOLATED ROOM〉
森博嗣　笑わない数学者〈MATHEMATICAL GOODBYE〉
森博嗣　詩的私的ジャック〈JACK THE POETICAL PRIVATE〉
森博嗣　封印再度〈WHO INSIDE〉
森博嗣　まどろみ消去〈MISSING UNDER THE MISTLETOE〉
森博嗣　幻惑の死と使途〈ILLUSION ACTS LIKE MAGIC〉
森博嗣　夏のレプリカ〈REPLACEABLE SUMMER〉
森博嗣　今はもうない〈SWITCH BACK〉
森博嗣　数奇にして模型〈NUMERICAL MODELS〉
森博嗣　有限と微小のパン〈THE PERFECT OUTSIDER〉
森博嗣　地球儀のスライス〈A SLICE OF TERRESTRIAL GLOBE〉
森博嗣　黒猫の三角〈Delta in the Darkness〉
森博嗣　人形式モナリザ〈Shape of Things Human〉
森博嗣　月は幽咽のデバイス〈The Sound Walks When the Moon Talks〉
森博嗣　夢・出逢い・魔性〈You May Die in My Show〉
森博嗣　魔剣天翔〈Cockpit on knife Edge〉
森博嗣　今夜はパラシュート博物館へ〈THE LAST DIVE TO PARACHUTE MUSEUM〉
森博嗣　恋恋蓮歩の演習〈A Sea of Deceits〉
森博嗣　森博嗣のミステリィ工作室

講談社文庫　目録

森枝卓士　私的メコン物語〈食から覗くアジア〉
森　浩美　推定恋愛
諸田玲子　空っ風
諸田玲子　鬼あざみ
諸田玲子　笠《かさ》雲《ぐも》
森　慶太　2002年版買って得するクルマ 損するクルマ〈新車購入全371台徹底ガイド〉
森　慶太　2003年版買って得するクルマ 損するクルマ〈新車購入全369台徹底ガイド〉
森福　都　吃《きっ》逆《ぎゃく》
森津純子　家族が「がん」になったら〈誰も教えてくれなかった介護法と心のケア〉
桃谷方子　百合祭
森　孝一　「ジョージ・ブッシュ」のアタマの中身〈アメリカ「超保守派」の世界観〉
柳田邦男　この国の失敗の本質
柳田邦男　20世紀は人間を幸福にしたか
柳田邦男・伊勢英子　はじまりの記憶
山口　瞳・常盤新平　編　新装版 諸君！この人生、大変なんだ
山田風太郎　婆沙羅
山田風太郎　甲賀忍法帖〈山田風太郎忍法帖①〉
山田風太郎　忍法忠臣蔵〈山田風太郎忍法帖②〉
山田風太郎　伊賀忍法帖〈山田風太郎忍法帖③〉
山田風太郎　忍法八犬伝〈山田風太郎忍法帖④〉
山田風太郎　くノ一忍法帖〈山田風太郎忍法帖⑤〉
山田風太郎　魔界転生(上)(下)〈山田風太郎忍法帖⑥⑦〉
山田風太郎　江戸忍法帖〈山田風太郎忍法帖⑧〉
山田風太郎　柳生忍法帖(上)(下)〈山田風太郎忍法帖⑨⑩〉
山田風太郎　風来忍法帖〈山田風太郎忍法帖⑪〉
山田風太郎　かげろう忍法帖〈山田風太郎忍法帖⑫〉
山田風太郎　野ざらし忍法帖〈山田風太郎忍法帖⑬〉
山田風太郎　忍法関ヶ原〈山田風太郎忍法帖⑭〉
山田風太郎　妖説太閤記(上)(下)
山田風太郎　新装版戦中派不戦日記
山田風太郎　奇想小説集
山村美紗　三十三間堂の矢殺人事件
山村美紗　ヘアデザイナー殺人事件
山村美紗　京都新婚旅行殺人事件
山村美紗　大阪国際空港殺人事件
山村美紗　小京都連続殺人事件
山村美紗　グルメ列車殺人事件
山村美紗　天の橋立殺人事件
山村美紗　愛の立待岬
山村美紗　花嫁は容疑者
山村美紗　十二秒の誤算
山村美紗　小樽地獄坂の殺人
山村美紗　京都・沖縄殺人事件
山村美紗　京都三船祭り殺人事件
山村美紗　京都絵馬堂殺人事件〈名探偵キャサリン傑作集〉
山村美紗　京都不倫旅行殺人事件
山村美紗　小野小町殺人事件
山村美紗　京友禅の秘密
山田正紀　神曲法廷
山田正紀　花面祭 MASQUERADE
山田正紀　長靴をはいた犬〈神性探偵・佐伯神一郎〉
山田智彦　銀行裏総務(上)(下)〈研次郎事故簿〉
山田智彦　毒針〈銀行裏総務 研次郎事故簿2〉
矢口高雄　ボクの学校は山と川
矢口高雄　ボクの手塚治虫
矢口高雄　螢雪時代 全5巻〈ボクの中学生日記〉
山田詠美　ハーレムワールド

2004年9月15日現在